10
18

12, AVENUE D'ITALIE. PARIS XIIIe

Sur l'auteur

Né en 1955 en Angleterre, Iain Pears vit à Oxford. Docteur en philosophie et historien d'art, il a travaillé pour l'agence Reuters jusqu'en 1990. Conseiller de la BBC et de Channel 4 pour plusieurs émissions consacrées à l'art, il est l'auteur de nombreux écrits sur ce sujet. Il a signé une série de romans policiers se déroulant dans le monde de l'art, ouverte par *L'Affaire Raphaël*, qui compte aujourd'hui sept titres, et dont le dernier s'intitule *Le Secret de la Vierge à l'Enfant.* Il s'est aussi imposé sur la scène littéraire mondiale avec *Le Cercle de la Croix*, puis *Le Songe de Scipion* (Pocket, 2004) et *Le Portrait.*

IAIN PEARS

LE PORTRAIT

Traduit de l'anglais
par Georges-Michel SAROTTE

10
18

« Grands Détectives »

dirigé par Jean-Claude Zylberstein

BELFOND

Du même auteur
aux Éditions 10/18

L'AFFAIRE RAPHAËL, n° 3365
LE COMITÉ TIZIANO, n° 3366
L'AFFAIRE BERNINI, n° 3454
LE JUGEMENT DERNIER, n° 3576
LE MYSTÈRE GIOTTO, n° 3706
L'ÉNIGME SAN GIOVANNI, n° 3839
LE SECRET DE LA VIERGE À L'ENFANT, n° 3968
► LE PORTRAIT, n° 4030

Ce livre est une œuvre de fiction. Les noms, les personnages, les lieux et les événements sont le fruit de l'imagination de l'auteur ou utilisés fictivement, et toute ressemblance avec des personnes réelles, vivantes ou mortes, des événements ou des lieux serait pure coïncidence.

Titre original :
THE PORTRAIT
publié par Riverhead, an imprint of Penguin Group (USA).

ISBN 978-2-264-04543-0

À Alex

BIEN, BIEN, BIEN. ENTRE DONC, MON CHER AMI ! Laisse-moi te regarder... Mais d'abord, dans mes bras ! Ça n'est pas tous les jours qu'on revoit un ami après presque quatre ans de séparation... Tu n'as pas changé. Je mens, bien sûr. Les rides autour des yeux sont un peu plus marquées, la peau a perdu de son élasticité, les cheveux sont un tantinet plus grisonnants. On a tous les deux connu des jours meilleurs. Toi, en tout cas, tu es toujours aussi svelte, au point de friser la maigreur. Que tu puisses manger autant sans engraisser reste pour moi un mystère. Tu as dû le remarquer au premier regard, nous devenons de plus en plus différents au fil du temps.

J'avoue avoir été troublé lorsque j'ai reçu ta proposition le mois dernier. J'ai d'abord pensé que ce n'était pas une bonne idée. J'avais du mal à croire que tu fusses disposé à effectuer un si long voyage simplement pour me rendre visite. D'où ma prudente réponse, au cas où tu te serais gaussé discrètement de moi. Mes années d'exil m'ont rendu susceptible, comme tu ne vas sans doute pas manquer de t'en apercevoir. Mais te voilà ici, figure véritablement historique, du moins pour ce qui concerne mon histoire personnelle, car, à Londres, je suppose, tu dois toujours être au cœur de la mêlée.

Un verre de vin pour fêter ton arrivée. Du meilleur cru du Luberon. Une excellente année, 1912, n'est-ce pas ? Surtout quand on a soigneusement laissé vieillir le vin pendant près de neuf mois. Je plaisante, bien entendu. Si moi je le trouve bon, je ne m'attends guère que ton palais de fin connaisseur partage mon enthousiasme. Fils du soleil et de la terre, il a été fabriqué sans le moindre artifice. Sombre, costaud, quelque peu brutal, il ressemble assez, en fait, aux hommes qui le produisent. Je me suis habitué à son goût : ça change de la bière et du cidre, les boissons courantes du coin, et je serais bien incapable d'apprécier les grands crus, même si on pouvait se les procurer ici. Chaque mois, je m'en fais livrer une barrique par le ferry et je le bois jusqu'à ce qu'il tourne au vinaigre. C'est déjà le cas, à ton avis ? Non, c'est son goût normal. Ou alors, rares sont les habitants de l'île qui s'en rendent compte. C'est le vin des paysans, ce à quoi marche la France. À en boire, on finit par leur ressembler. À bon entendeur, salut !

Assieds-toi donc ! Ce n'est pas très confortable, mais c'est le meilleur siège que je possède, et le plus propre. En outre, tu le verras, ce petit fauteuil servira admirablement mes desseins. Ta soudaine arrivée sur mon île m'a rendu nerveux, voire irascible. Sais-tu depuis combien de temps on ne m'a pas commandé un portrait ? C'est incroyable, vu mon succès, mais j'ai renoncé à tout cela en quittant l'Angleterre. Et maintenant, tu veux me ramener dans mon passé. D'accord ! Mais tu vas devoir supporter les conséquences de ta déraison.

Comme d'habitude, tu as choisi le bon moment. Quelques mois plus tôt, j'aurais repoussé l'idée sans même y réfléchir. J'ai trouvé la proposition alléchante. Pourquoi pas ? me suis-je dit. Voyons ce qui en sortira. Il est temps de préparer un éventuel retour en Angleterre et d'examiner les motifs qui m'avaient à l'époque incité à m'exiler. Et qui pourrait mieux m'aider dans mon investigation que le plus important critique du pays, celui dont l'opinion a valeur de jugement divin ?

Voilà une autre petite plaisanterie. L'occasion, aussi, de reprendre le combat et d'en terminer une fois pour toutes. Qui, à ton avis, sortira victorieux de l'affrontement ? Le peintre ou le modèle ? Sera-ce « Portrait d'un homme par Henry Morris MacAlpine » ou bien « Portrait de William Nasmyth. Peintre inconnu » ? Le trouvera-t-on à la National Gallery ou à la National Portrait Gallery ? On verra. Ce sera une lutte entre ta renommée et mon talent, dont l'issue ne sera connue que longtemps après notre mort à tous les deux. Je ne vais pas piper les dés, c'est promis. Je ne signerai pas le tableau en omettant le nom du modèle. Nous aurons autant de chances l'un que l'autre d'être choisis par la postérité.

Jette donc un coup d'œil autour de la pièce. Je vais pouvoir étudier ton visage sous divers éclairages. Il n'y a pas grand-chose à voir, il est vrai. Je me suis dégagé du monde matériel et vis aussi simplement que les pêcheurs de l'île. Je possède quelques vêtements, mes peintures, mes livres, ainsi que deux ou trois casseroles. Non que je fasse beaucoup de cuisine : il y a un excellent bistrot dans le village, et la veuve qui le tient me prépare un repas quand je le désire, c'est-à-dire la plupart du temps. Ne fais pas cette tête-là... Elle est grosse, vieille et a un caractère de cochon. Ce sera ta logeuse si tu persistes dans ta décision. Comme tu peux le constater, je ne puis t'offrir l'hospitalité et, de toute façon, je m'en garderais bien. Je me suis habitué à la solitude et y ai pris goût. Je n'ai qu'un petit lit gigogne, et ce serait aussi inconfortable que de dormir à même le sol. Tu ne seras guère plus à l'aise chez Mme Le Gurun, mais cela te permettra d'apprécier la véritable France profonde, qui, d'ailleurs, risque fort de heurter tes sentiments délicats. Rien à voir avec Paris, Deauville, ni même Pau, je te préviens.

Je vois à ta mine que tu es surpris, voire un peu désorienté. Qu'imaginais-tu en venant me voir jusqu'ici ? Au moins une charmante *maison de maître** [1], nichée dans les collines. Des domestiques, sans nul doute. Un cercle de relations choisies, *maire**, *avocat**, quelque médecin qui m'invite à dîner. Assurément, ton vieil ami exigerait un certain milieu, même provincial, qui flatte son ego. Imaginais-tu que cette pauvre île perdue ressemblait à Belle-Île et que des poètes et des dramaturges y venaient l'été en villégiature pour se prélasser sur ma terrasse ? L'homme que tu as connu à Londres pourrait-il exister sans être entouré ?

Et qu'as-tu trouvé ? Une maison miteuse, enfumée, dont le toit s'effondre, mais qui me convient parfaitement, je t'assure. Quasiment pas de meubles. Un peintre loqueteux, presque un clochard, vivant en ermite sur une île désolée, battue des vents, habitée par quelques centaines de pêcheurs bretons et leurs familles. N'est-ce pas un peu excessif ?

Tu as raison, bien sûr ; mais ce qui serait prétentieux à Chelsea est tout à fait acceptable ici. À quoi serviraient de plus beaux habits ? Je ne vois personne, sauf quand je demande qu'on me transporte jusqu'à

1. Les mots en italique suivis d'un astérisque sont en français dans le texte. *(N.d.T.)*

Quiberon, et pour ces occasions je m'habille avec autant de soin qu'un notaire de province. Je me taille la barbe, laquelle, tu dois le reconnaître, est très fournie et compense ma calvitie avancée. J'enfile mon vieux costume avec force halètements, car j'ai grossi ces dernières années et mes vêtements rechignent à s'ajuster à mon corps. Pourtant, comparé à la plupart des Houatais, je suis élégant. Coiffé de mon chapeau de paille, insolemment incliné, et armé de la canne que tu m'as offerte, je crois avoir encore fière allure. Si je parais excentrique, ce n'est pas à dessein, ayant toujours souverainement méprisé cette façon de se faire remarquer.

Je n'ai besoin que d'un lit, d'un siège et d'une table ; voilà donc de quoi se compose mon mobilier. Les murs sont nus. Regarde par la fenêtre et tu jouiras de la plus belle vue qu'un peintre ait jamais fixée sur la toile. En outre, elle change constamment. La puissance et la diversité du spectacle qu'offre la mer sont extraordinaires. Je ne m'en lasse jamais, alors que même les plus grands tableaux finissent par m'ennuyer. Quant à mes propres œuvres, je les connais toutes par cœur. Je n'ai pas besoin de les accrocher aux murs pour les contempler et je n'ai aucune envie d'ailleurs que les autres les regardent.

Arrête ! Ne bouge pas ! Bon, ça suffira. Je souhaite que tu sois à l'aise, car j'ai l'intention de te garder ici quelque temps. Je suis rouillé, rappelle-toi, et les articulations qui craquent sont moins mobiles que celles rompues à l'exercice physique. J'ai surtout consacré mon temps à peindre des paysages, et les collines ne bougent pas et ne vous répondent pas. Elles n'essaient pas non plus de prendre subrepticement une pose élégante et n'arborent pas une mine hautaine. Débarrasse-toi de l'une et de l'autre, je t'en prie. Je souhaite te donner une certaine grandeur, non te peindre en esthète minaudier. Le rictus est lié à l'instant, la solennité appartient à l'éternité.

Laisse-moi t'expliquer mon raisonnement. Mon dessein est d'exécuter – et ton opinion à ce sujet m'importe peu – un portrait où les variations de la lumière souligneront divers aspects de ton caractère. Pense à Monet. Non, je n'ai pas changé d'avis : je ne crois toujours pas que c'est un bon peintre. Mais un grand peintre, assurément, et, comme tu le sais, je ne me suis jamais gêné pour m'inspirer des grands artistes. J'aurai donc besoin de toi le matin, l'après-midi et le soir, selon l'étape atteinte dans mon travail. Un portrait ordinaire ne demande qu'un simple coup d'œil ; pour la plupart des modèles, c'est plus que suffisant. Une personnalité complexe requiert plus d'attention, et toute aide est bienvenue au peintre médiocre que je suis. Titien pouvait peut-être présenter simultanément toutes les facettes du modèle, mais c'était un génie, alors que – comme tu me l'as jadis fait remarquer – ce n'est pas mon cas. Ce commentaire m'avait blessé, tu sais, jusqu'à ce que j'en reconnaisse le bien-fondé. J'ai su très tôt que, du moment que tu disais la vérité, j'étais capable de te pardonner. Une fois que j'ai accepté cette évidence, j'ai appris à forcer les limites de mon talent. L'intelligence et le métier peuvent parfois pallier la carence de don.

J'ai l'intention de tricher, remarque. Mon compte rendu te concernant est déjà en partie terminé. Tu t'en souviens, sans doute ? Le portrait que j'ai commencé dans le Hampshire en 1906 ? Je l'ai apporté ici. Mon départ n'a pas été aussi soudain qu'on aurait pu le croire. Je me suis donné amplement le temps de faire mes bagages et d'emporter ce qui me paraissait indispensable. Pour une raison ou une autre, ton visage se trouvait au nombre des objets épars dont je ne pouvais apparemment pas me passer, alors qu'il traînait, inachevé, dans mon atelier depuis trois ans. De temps en temps, je le sors pour le regarder. Il y a environ un an je me suis enfin décidé à le finir. J'ai terminé le premier panneau : *Le critique tel qu'il était.* Je vais maintenant commencer *Le critique tel qu'il est.* Un jour peut-être je peindrai *Tel qu'il sera.* Passé, présent et avenir, tout dans une merveilleuse trilogie.

Ainsi donc, toi et moi, on va refaire Van Dyck ensemble. Tu sais à quoi je fais allusion, évidemment : le triple portrait de Charles Ier. Prends-le comme un hommage, à ton expertise reconnue. Il ne s'agira pas d'un pastiche. Chez Van Dyck, les deux personnages extérieurs du triptyque fixent celui du milieu : le roi se regarde lui-même. Le sujet central regarde devant lui, serein et arrogant, sans se préoccuper de ce que le monde voit ou pense. Cela ne conviendrait pas à un homme de ton acabit. Le critique doit toujours regarder vers l'extérieur. Même par-dessus son épaule, de crainte de rater une nouvelle mode prête à surgir derrière son dos.

Tu te rappelles la fois où on a vu ce tableau ensemble ? Tu m'avais emmené le contempler pour parfaire mon éducation londonienne. Je t'admirais éperdument, bien que, malgré ma maladresse, je fusse déjà un meilleur peintre que tu pouvais jamais espérer le devenir. Mais tu possédais une immense culture et une confiance en toi démesurée. Voilà ce que je cherchais à apprendre de toi en t'accompagnant. J'observais, tu enseignais, et je me plaçais de plus en plus sous ta coupe. Je ne me rendais pas compte à l'époque qu'il s'agissait de quelque chose d'inimitable. Cette assurance avait de profondes racines que je ne pouvais pas faire pousser en moi. Cette capacité de ne jamais douter, de ne jamais mettre en question la justesse de tes opinions était inhérente à ton caractère, pas au mien.

Il ne s'agissait pas de simple arrogance. Tu possédais de droit cette confiance en soi, exactement comme les députés et les gouverneurs des colonies détiennent légitimement leur pouvoir. Tu avais passé des années à étudier ces tableaux, alors que, moi, j'avais juste essayé d'en peindre quelques-uns. Tu t'étais plongé dans tous les auteurs qui comptent, de Vasari à Morelli, tandis que je m'échinais dans un atelier de dessin de Glasgow. Tu avais parcouru l'Europe, de Hambourg à Naples, avant que j'aie même mis le pied hors d'Écosse.

Et je croyais pouvoir acquérir tout ton savoir en m'accrochant à tes basques durant quelques mois. Tu ne m'as jamais fait comprendre que c'était impossible. Tu ne m'as jamais dit : « J'ai été au collège de Winchester et à l'université de Cambridge. Toute ma vie j'ai fréquenté des peintres et des écrivains, des lords et des ladies. Je connais l'Italie et la France aussi bien que mon propre pays. Tu es un pauvre petit Écossais sans éducation, sans relations, qui n'a vu que ce que je lui ai montré. Nous ne comprenons pas les choses de la même manière, et il en sera toujours ainsi. Trouve ta propre voie car, autrement, tu ne seras toujours que ridicule. » Si tu m'avais dit ça, je ne t'aurais pas cru, pas à l'époque, en tout cas. Mais c'eût été la vérité et tu aurais accompli ton devoir.

Qu'as-tu furtivement jeté dans ta bouche ? Un comprimé ? Un médicament ? Es-tu malade ? Voyons un peu ce que tu as dans ce sac ? Grand Dieu, même tes maladies sont à la mode ! Un problème cardiaque, je suppose. Sans ces remontants, subis-tu des accès de faiblesse, deviens-tu somnolent, et dois-tu t'allonger de temps en temps ? As-tu des vapeurs, affalé sur un sofa ? Comme il est étrange que notre époque ait fait de la faiblesse un état intéressant et attrayant, qu'elle ait décrété qu'une santé fragile et la finesse du jugement artistique vont de pair, constituent les deux faces d'une même médaille. Vois Beardsley et sa tuberculose, postillonnant ses bacilles sur tous ses commensaux. Aurait-il été pris autant au sérieux s'il avait débordé de santé, s'il s'était baigné dans la mer en plein mois de décembre ? J'en doute. Quoi qu'il en soit, avertis-moi si tu sens que tu vas glisser du fauteuil et tomber dans un état d'hébétude. Si tu dois gâter la pose, j'aimerais le savoir un petit peu à l'avance.

Je t'en prie, verse-toi un verre d'eau et avale tes petites pilules. De toute façon, le moment n'est pas propice au travail sérieux. Si tu étais arrivé à l'heure, on aurait peut-être pu faire quelque chose aujourd'hui. Mais as-tu jamais été à l'heure ? Faire attendre les autres est chez toi une habitude. Je ne suis sorti du lit qu'une bonne heure après l'heure de notre rendez-vous. Je n'allais pas me mettre les nerfs en pelote dès le premier jour. Je vais donner à Mme Le Gurun des ordres stricts pour qu'elle te réveille aux aurores et qu'elle te pousse dehors dès six heures du matin. Pour elle, comme pour presque tous les Houatais, faire la grasse matinée est un signe de décadence. Tout d'abord, je veux que tu connaisses la lumière de l'aube : une pure clarté, sans la moindre ombre, dans la fraîcheur matinale. Rien n'est dissimulé et, en cette saison, le froid piquant stimule merveilleusement les sens. Tu jouiras du plaisir de traverser à pied l'île chaque matin et de contempler la mer dans son infinie diversité. Puis, plus tard, le soir, les longues ombres accentueront la longueur de ton nez, et ton visage prendra l'air méfiant et un peu méchant que tu arbores parfois, quand tu oublies qu'on pourrait te regarder.

Je t'ai très souvent vu cette expression. Je me rappelle très bien la première fois que je l'ai remarquée. Tu veux que je t'en parle ? Pourquoi pas ? Tu n'as rien de mieux à faire après tout, et si je me permets de parler autant que je le désire pendant que je travaille, je n'encourage pas cette habitude chez mes modèles. Après tout, c'est ainsi que j'ai bâti ma réputation. Ah ! Un sourire, même à peine esquissé... Abstiens-toi, je t'en prie. C'est un portrait solennel, tu te rappelles ? Comment s'appelait cette femme ? C'est sans importance. Elle avait fait un mariage très au-dessus de sa condition et sa nervosité me donnait la migraine. Elle n'arrêtait pas de pépier d'une voix haut perchée et nasillarde, et j'ai dû bâcler la besogne pour éviter de l'étrangler. J'ai présenté la toile à l'exposition « Nouvelle Angleterre » de 1903 sous l'un de ces titres académiques stupides : *Les mots lui manquent*. Ce fut mon premier succès de bel esprit. J'ai ainsi acquis une certaine position et une notoriété pour un prix modique : l'humiliation d'une femme honorable. Je ne me suis jamais excusé, même pas lorsque j'ai fini par regretter mon attitude.

Ton regard, celui que je cherche à capter, ce regard *particulier*, je l'ai surpris pour la première fois à l'académie Julian. Quel horrible endroit ! Je n'y ai absolument rien appris, mais c'était bon pour ma réputation, que je soignais beaucoup à l'époque. Quel peintre pouvait être pris au sérieux à Londres sans avoir étudié à Paris ? Voilà pourquoi nous avons tous gagné la capitale française, Rothenstein, McAvoy et Connard, ainsi que tous les autres espoirs de la peinture. Nous avons dessiné, peint, discuté, et vitupéré la médiocrité de nos confrères. C'était fort amusant de mener la vie de bohème, de devoir constamment s'emprunter de l'argent les uns aux autres, de rêver de conquérir le monde et d'entrer dans le nouveau siècle tels des envahisseurs réclamant leur dû. Nous sommes retournés à Londres pleins de morgue et d'espoir ! Peut-être était-ce l'unique intérêt de notre séjour à Paris. En tout cas, ce n'est pas là-bas que j'ai appris à peindre. Juste à travailler vite dans une pièce sombre et enfumée, au milieu d'un vacarme incessant. À vivre au milieu d'une foule, tout en préservant mon identité propre. J'y ai appris que je devais me détacher du groupe si je désirais obtenir un jour le moindre succès. Et j'y ai découvert la cruauté du monde de l'art, qui ressemble tant à une jungle où seuls survivent les plus forts. Dure et stupéfiante leçon pour quelqu'un habitué à la société plus policée des ouvriers éméchés de Glasgow, dont la seule violence consiste à se bagarrer et à s'assommer le samedi soir.

Je me rappelle quand Evelyn nous a rejoints en 1898, deux ans après mon arrivée, au moment où j'envisageais déjà d'aller plonger dans le grand chaudron londonien du milieu de la peinture. Elle ne venait pas assister au cours de dessin d'après nature, bien sûr – les femmes n'en avaient pas le droit –, mais suivre les cours généraux sur la perspective : fleurs fanées dans un vase, vieux broc, marteau, disposés pêle-mêle. Curieux spectacle que celui offert par tous ces jeunes révolutionnaires en herbe, fixant intensément ce banal fatras, pareils à des écoliers disciplinés. Soudain, cette jeune fille fait son entrée et tout le monde ricane. Elle est si jeune, a l'air si naïve, si… comme il faut. Le genre de fille qui vit chez sa mère, boit un verre de sherry une fois par mois et se couche à neuf heures et demie tous les soirs. Pas vraiment le type de femme qu'on voudrait peindre, sauf si on a un faible pour les modèles graciles. Bien que j'aie pensé, en y regardant de plus près, qu'on pourrait peut-être tirer quelque chose d'intéressant de ces joues pâles, de ces cheveux fins fermement noués sur la nuque en un chignon peu flatteur, de cette posture légèrement voûtée, comme si elle tentait de dissimuler ses petits seins, de les faire oublier. Elle jette un coup d'œil à l'entour, se prépare, murmure un bonjour d'un ton nerveux, puis commence à dessiner. Au bout d'un certain temps, on s'attroupe tous afin de découvrir le piètre résultat produit par la malheureuse, et j'ai vu l'expression de ton visage.

Venu me chercher pour m'emmener dîner, tu attendais avec une patience inhabituelle que je fasse un brin de toilette pour me rendre présentable. Normalement, c'était le contraire : je t'attendais comme une jeune fille son premier rendez-vous. Je te connaissais depuis un mois seulement et j'étais sous le charme. M'ayant entendu par hasard faire une remarque dans un musée, tu t'étais approché pour m'inviter à boire un verre. Le café de l'Opéra ! Du champagne ! Quel brillant causeur, si cultivé, si rompu aux usages du monde ! Tu étais déjà connu et avais commencé à rédiger des articles pour les journaux londoniens sur les expositions parisiennes. Tu étais rédacteur en chef d'un journal d'avant-garde au tirage confidentiel, quelqu'un qu'on voyait dans les dîners en ville et aux soirées mondaines. Tu avais une certaine réputation… mais personne ne savait dans quel domaine au juste. Or c'est toi qui as recherché ma compagnie, qui as pris l'initiative de notre amitié et l'as entretenue. Et décidé que je serais ton ami ! Tu m'as choisi et as entrepris mon éducation. J'avais vingt-sept ans, mais, sans aucune expérience de l'univers où je souhaitais entrer, je devais à coup sûr paraître beaucoup plus jeune. Tu approchais de la trentaine, mais ayant vu tant de choses, tu étais déjà presque blasé.

Je crois que les autres se moquaient de moi derrière mon dos, mais peu m'importait. J'affichais fièrement mon respect, mon adoration. « William dit... », « William pense... », « William et moi... » Grand Dieu ! comme j'ai dû paraître ridicule. Tu m'encourageais, me flattais, me cajolais. « Ne t'occupe pas des autres... Un peintre comme toi... » « Tu possèdes un don particulier, un réel talent... » Toutes ces formules, je les gobais avec avidité, les lapais comme du petit-lait, en réclamais encore. Je ne me rendais pas compte à quel point je comblais un vide en toi. Pour moi, tout était nouveau, alors que toi, tu avais déjà tout vu. Ma présence à tes côtés te permettait de ressentir un peu de l'excitation de la découverte et le plaisir de la nouveauté. Tu cherches toujours quelque chose qui puisse te passionner et susciter un enthousiasme dont t'a privé une éducation trop privilégiée.

Auparavant, personne ne m'avait pris au sérieux. Tu as été le seul à ne pas considérer que j'avais pour unique don celui de me faire des illusions. Tu me traitais avec condescendance, certes, mais tu le faisais avec tout le monde. Même moi, je devinais que tu aimais être là quand je voyais quelque chose pour la première fois, lorsque je découvrais un peintre dont je n'avais jamais entendu parler et m'émerveillais devant un chef-d'œuvre que tu connaissais depuis toujours. Tu pouvais tout me dire sur le peintre, savais analyser sa méthode, expliquer son génie. Mais tu ne pouvais pas trembler d'émotion, rester bouche bée d'admiration. C'est moi qui le faisais à ta place et en retour tu m'éduquais. Jusqu'à ton apparition, seule une ténacité typiquement écossaise m'avait empêché de flancher, mais je savais que cela ne suffirait pas. Je te suis à jamais reconnaissant de ce que tu as fait pour moi. Parce que tu avais raison en fin de compte : je suis un bon peintre.

Sous ton influence, je me suis jeté à corps perdu dans l'étude, travaillant nuit et jour pour m'améliorer, te présentant le résultat de mes efforts comme un bon chien rapporte le bâton à son maître. Et j'ai fait des progrès que je n'aurais guère cru possibles. J'ai appris à prendre des risques, à ne pas jouer la sécurité en m'abritant derrière mon talent. Quel bonheur ! Je revois encore les soirées que nous avons passées ensemble comme les plus heureuses de ma vie, et j'aurais souhaité que cela dure toujours. Je ne cherchais pas à mieux te connaître, refusant de penser aux ombres et aux subtilités de ton caractère. Or l'innocence n'est agréable que parce qu'elle est transitoire.

À quoi tient le changement d'une expression ? J'ai passé des années à scruter les visages et pourtant le mystère demeure. Au mouvement minuscule, infinitésimal, d'un sourcil par rapport à l'œil et au nez ? À un imperceptible resserrement ou relâchement des muscles de la joue ou du cou ? À un infime tressaillement des lèvres ? À une lueur dans les yeux ?... On sait toutefois que l'œil, lui, ne change pas. La plus significative marque d'émotion est pure illusion. Un rien distingue l'expression du mépris de celle du respect, l'amour de la colère. Certaines personnes manquant de subtilité, on déchiffre leurs sentiments à livre ouvert. D'autres sont plus discrètes, et seuls leurs proches peuvent interpréter correctement leur mimique. Il est aussi des êtres qui restent incompréhensibles même à eux-mêmes.

J'ai mis des années à déchiffrer l'expression qu'a prise ton visage lorsque tu as regardé le travail d'Evelyn dans l'atelier. Il m'arrive de penser que j'ai consacré toute ma carrière, peut-être même ma vie entière, à percer le sens de ce regard, à creuser, couche après couche, jusqu'au fin fond de ton cerveau pour reconstituer le puzzle des sentiments et des réactions parcellaires que je n'étais pas à même d'interpréter. J'y ai réussi finalement. Je t'indiquerai comment en temps voulu.

Cependant, si ton expression était indéchiffrable, j'ai très bien interprété ta réaction : une courtoise rebuffade. Il ne s'agissait même pas de mépris. Je partageais ton jugement, mais pas au point de faire une remarque à haute voix. Même alors, je m'identifiais en partie à Evelyn et j'éprouvais un certain malaise. Parce que ma première impression avait été différente : j'avais perçu le petit sursaut mental que l'on ressent en face de quelque chose d'inattendu et de surprenant. J'aurais pu aisément passer outre, bien sûr, mais mon impression avait été renforcée par l'hésitation d'une fraction de seconde que j'avais remarquée chez toi, entre le moment où ton regard s'est posé sur le tableau et ta réaction.

Voilà ce que je veux saisir dans ce portrait, celui que j'ai soigneusement esquissé depuis tout ce temps. Je veux capter cette expression, ce regard pénétrant. Je veux que la personne qui contemple le portrait sente l'acuité de l'œil, qu'elle pense que c'est elle qui est jugée et non l'inverse. Et, à moins que tu réussisses à me donner ce regard, mon vieil ami, je le ferai resurgir de mon souvenir. Bien sûr, à part moi, personne ne comprendra de quoi il retourne, et il est possible qu'on n'y voie qu'une mauvaise peinture ou qu'on n'y prête même aucune attention. Peu me chaut. Il ne s'agit pas seulement d'un portrait public, c'est aussi une affaire privée entre toi et moi. Je veux que tu comprennes que j'ai compris, si tu vois ce que je veux dire.

Mon problème en ce moment, vois-tu, c'est que tu es devenu ces dernières années un brin trop lisse. Je ne m'étais pas attendu à ce changement, si bien que je dois reconsidérer mon approche. Tu es désormais un peu *trop* sûr de toi, un tantinet pédant. Jadis, une légère angoisse perçait sous les traits de ton visage. Cela te rendait plus humain, plus complexe, tout en faisant de toi – ne tournons pas autour du pot – un vrai hérisson. À l'époque, ton snobisme, ton arrogance, ton ambition étaient à fleur de peau. Or, même si ce ne sont pas des traits de caractère plaisants en général, cela te rendait plus sympathique et, en tout cas, plus facile à peindre. Des années de succès les ont effacés et il n'en demeure apparemment aucune trace. Je suis néanmoins persuadé qu'ils restent tapis quelque part et j'ai bien l'intention de les faire réapparaître. Je sais que tu n'as pas fondamentalement changé.

En ce moment, tu affiches seulement une expression détachée, sardonique. Ça ne va pas du tout. Tu m'as gâché la matinée. On va s'arrêter là. Non, je ne sais pas comment tu peux occuper le reste de la journée. C'est ton affaire. Je te suggère de faire une balade. Tu as l'air trop citadin : tu es pâle et plutôt amorphe, voire desséché. Le grand air et l'exercice te seront beaucoup plus profitables que ces sales petites pilules. En outre, il y a des choses à voir dans les parages, si tu regardes bien. Les habitants de la région ne se soucient guère de leur histoire et la laissent à l'abandon dans les endroits les plus surprenants. J'aime cette attitude : ils se préoccupent du présent, sans éprouver le besoin de conserver ni de classer la moindre pierre de leur passé. Ils sont futuristes depuis des générations. L'avant-garde n'a rien à leur apprendre qu'ils ne sachent déjà.

Certes, au premier abord, Houat ne paie pas de mine : l'île ne dévoile pas aisément ses charmes. Il n'existe rien pour l'homme féru de Gainsborough, qui connaît la beauté sublime des paysages alpins, la douceur boisée du Sussex et imagine sa Campagna peuplée de nymphes et de bergers folâtres. Il n'y a ni montagnes, ni forêts. Presque pas d'arbres, d'ailleurs. Il faut regarder de près pour apercevoir les bouquets d'œillets sauvages, le jaune des genêts ou les jasmins ; les diverses variétés d'herbes, aux couleurs subtiles. Il faut observer tout cela, mais il faut surtout étudier la mer, l'alpha et l'oméga de ce lieu, sa raison d'être. Ses tons, ses formes sous ses divers aspects constituent tout le paysage dont tu as besoin. Spectacle permanent, capable de créer toutes les ambiances, de susciter toutes les émotions.

Je te recommande d'explorer l'île. Longe la baie de Treac'h er Goured – après tout, l'île n'a que cinq kilomètres de long, ça ne devrait pas être au-dessus de tes forces – et trouve la source sacrée. Assieds-toi à côté et hume l'odeur du vent, sens la chaleur du soleil. Si tu t'y attardes assez longtemps, tu commenceras à comprendre ce que je veux dire, peut-être. Rends-toi à l'église du village, marche le long de la plage, sur les falaises et contemple la mer. Examine le fort qui surplombe l'île, la maçonnerie du quai. Il y a des menhirs et des dolmens, même si ces vestiges d'un passé païen sont censés avoir été détruits. Que peut demander de plus un homme raisonnable ? Cela suffit pour toute une vie de contemplation. Demain tu me diras ce que tu en penses.

Pendant ce temps, je vais jeter un coup d'œil sur mon travail de ce matin : nul doute qu'il ne sera pas à la hauteur de mes espérances. Pour le moment, cependant, je ne suis pas mécontent du résultat. J'ai saisi la manière dont ton menton se redresse et te donne cet air supérieur et hautain qui te sert si bien. Mais je n'ai pas exagéré le mouvement, ne t'en fais pas. Je ne suis pas encore tombé dans la caricature. Non, tu n'as pas le droit de voir mon travail. Nous ne sommes pas des collaborateurs : je peins, tu poses. En t'asseyant sur ce fauteuil, tu te dépouilles de ton savoir, de ton goût et de ta finesse artistiques. Ton avis ne compte pas davantage pour moi que celui du vieux paysan dont j'ai fait le croquis le mois dernier. Tu es sans défense jusqu'à ce que j'aie terminé.

Ne prends pas cet air agacé ! Ce n'est qu'un mauvais moment à passer. Les peintres doivent constamment supporter l'opinion des autres. On essaie donc de l'ignorer autant que faire se peut, à l'instar des Houatais qui ne remarquent pas les plaques de pierre évoquant les malheurs du passé. Rappelle-toi les cruautés que ta plume a infligées – la plupart du temps à juste titre, sans aucun doute, mais pas moins douloureuses pour les victimes – et reconnais que ma vengeance est bien insignifiante en comparaison. Je dois, en outre, représenter fidèlement ce que je vois. Je n'ai pas le droit d'être trop dur quand je dessine la ligne de ton menton. Je me rappelle trop bien à quel point il m'a fait rire, avec quel enthousiasme j'ai approuvé ses mouvements de mépris.

Referme la porte en sortant. Le vent se lève et je ne veux pas que mes papiers s'envolent.

Sais-tu que lorsque tu es parti hier, j'ai passé l'heure suivante à arpenter cette petite pièce – à laquelle je donne le nom pompeux de studio – tout en te maudissant ? Et en me maudissant moi-même de ne pas t'avoir mis dehors dès que tu as passé le seuil de la porte. Pourquoi as-tu suggéré que je peigne ton portrait ? Bien sûr, je connais les raisons que tu as évoquées dans ta lettre, avec gravité et délicatesse : tu pensais que j'avais besoin d'aide... Que j'avais besoin de sentir que tu m'aimais toujours, que tu ne m'en voulais pas de t'avoir abandonné et d'être parti sans un mot. Un portrait me redonnerait peut-être confiance en moi et m'apporterait une rentrée d'argent qui ne serait pas malvenue. Un portrait de toi figurant dans quelque exposition serait un bon moyen de rappeler avec éclat que j'existais toujours, peut-être même de faciliter mon retour à Londres. C'est bien ça ? Je t'en suis reconnaissant. Je suis touché. Cette façon que tu as d'accorder une aide généreuse et de ne rien demander clairement en échange a toujours été détestable. Pas étonnant que tant de gens se méfient de toi. Je te vois en train d'en discuter avec ta femme : elle, assise sur le canapé, un livre entre les mains, et toi, à ton bureau près de la grande fenêtre. Occupé à corriger les épreuves d'un article ? En train de préparer une conférence ? Travailles-tu toujours à l'ouvrage que tu avais commencé à Paris ? Tu lèves soudain les yeux. « J'ai énormément pensé à Henry ces derniers temps. Je crois vraiment que je devrais voir si je ne peux pas l'aider un peu... »

Elle sourit. Elle avait un beau sourire.

« Il n'était pas commode... Tu sais, il ne m'a jamais beaucoup plu, mais, très cher, c'est l'un de tes plus vieux amis... »

Tu reprends : « Et si je lui écrivais pour voir s'il

accepte de refaire un portrait ? Il paraît qu'il ne va pas bien du tout. Je me suis laissé dire que ses dernières lettres étaient décousues, presque incohérentes. De cette façon, je pourrai constater son état… »

C'est ainsi que ta chère épouse – une excellente femme qui ne t'a jamais refusé quoi que ce soit – donne son assentiment, et que tu m'écris. Il est possible que j'invente, mais je suis sûr de ne pas beaucoup me tromper.

Mais ce n'est pas la vraie raison, n'est-ce pas ? Je vis ici depuis quatre ans et tu ne m'as jamais fait le moindre signe. Si tu voulais m'envoyer de l'argent, il existe des moyens assez simples pour le faire. Et, quelle que soit ton amitié pour moi, tu ne passerais pas plus de dix minutes sur cette île à moins d'une raison impérieuse. On peut changer, mais pas à ce point. Traverser Hyde Park t'épuise. La nature n'a jamais été l'une de tes passions. Alors, qu'est-ce qui te pousse à rester assis devant moi pendant des journées entières ? Que cherches-tu que tu ne puisses me demander sans ambages ? C'est ta méthode pour désarmer l'autre, non ? Demeurer assis sans mot dire jusqu'à ce qu'il parle afin de combler le silence. Ne presque rien révéler de toi-même alors que l'autre épanche son cœur ?

Tu vois, ta seule présence me ramène vers le passé et réveille toutes sortes de souvenirs oubliés depuis des lustres. Je n'ai pas donné le moindre coup de pinceau après ton départ et, en début de soirée, je me suis consolé avec le vin que tu trouves imbuvable. J'en ai beaucoup trop bu et me suis contenté d'une omelette pour le dîner. Je n'avais pas envie d'aller chez *la mère** Le Gurun, de crainte de t'y trouver. La perspective de passer une soirée entière à discuter avec toi me donnant la nausée, je n'ai pas mis le nez dehors et me suis rendu malade tout seul. J'ai mal dormi. Voilà des années que je n'ai pas eu une bonne nuit de sommeil. Depuis mon départ d'Angleterre. Il m'arrive de ne pas trop mal dormir, mais la nuit dernière, je n'ai pratiquement pas fermé l'œil, malgré l'assortiment de potions que je garde dans ma petite armoire à pharmacie. Je suis de mauvaise humeur, surtout à cause de mon estomac plus tout jeune, qui, à l'évidence, supporte de moins en moins d'être malmené. L'homme qui pouvait se jeter à corps perdu dans le travail et se passer de sommeil plusieurs jours d'affilée n'est plus. Mort, mon ami, et enterré. Il ne reste plus que son ombre qui est obligée de se coucher tôt et de contingenter sa consommation de vin.

D'accord, certaines questions exigent une réponse. Comment se fait-il qu'un peintre parvenu presque au sommet de sa carrière puisse se conduire de manière aussi stupide ? Il gagne bien sa vie, jouit d'un modeste renom et (plus important) d'une certaine réputation. Il vient juste de figurer dans l'une des expositions les plus importantes jamais organisées en Grande-Bretagne, fait partie de l'avant-garde de la révolution artistique qui balaie le monde. Il a presque atteint le but qu'il s'était fixé. Né dans la misère en Écosse, il a quelque temps travaillé à la pige à Londres comme dessinateur pour des revues miteuses et des illustrés à sensation, se serrant la ceinture afin de se rendre à Paris. Lorsque, finalement, il a presque réussi, il prend soudain la poudre d'escampette. Il fait ses valises et dit adieu à plus de vingt ans de lutte et de travail acharnés. Il ne révèle à personne où il se trouve, ne répond pas aux lettres. Que s'est-il passé ? Aucun cas de démence dans la famille, rassurez-moi ? Ses parents étaient tous les deux d'une sobriété exemplaire, n'est-ce pas ? S'il souffrait de quelque horrible maladie, n'aurait-il pas mieux valu qu'il restât à Londres pour se faire soigner ? Quelle est la raison de ce comportement ? Qu'a-t-il fait pour être contraint de quitter le pays, tel un assassin en cavale ?

L'excentricité a des limites, après tout. De nos jours, pour tout peintre qui souhaite être pris au sérieux, faire scandale est devenu banal, sinon nécessaire. Mais cette attitude est plus que scandaleuse, elle constitue un outrage aux bonnes mœurs. Tout l'intérêt de filer sur le continent dans un accès de rébellion artistique est de revenir afin que d'autres puissent jouir de l'acte, tirer gloire de ce pied-de-nez aux conventions et puiser de la force dans la désapprobation et la réaction offusquée du public. Disparaître complètement et n'envoyer aucun tableau qui rappelle qu'on est toujours en vie est tout à fait différent : c'est méprisant pour tous les peintres de Chelsea et au-delà. Or rares sont les artistes qui pardonnent à ceux qui les méprisent. Cela les oblige à voir leur vie dans la capitale sous un jour nouveau et à se poser des questions. Qu'est-ce qui cloche dans notre existence de Londoniens ? Ne devrait-on pas faire la même chose ?

Tu réclames une explication. Tu estimes avoir le droit de savoir. Bien, on verra. Il est possible, que tu en saches autant que moi. Au fur et à mesure que le portrait prendra forme, peut-être accéderons-nous à une compréhension mutuelle. Voilà quatre ans que j'attends que tu m'interroges, tu peux bien patienter quelques jours pour connaître ma réponse.

Installe-toi donc. La lumière est bonne et je tire souvent le meilleur de moi-même quand je suis de mauvaise humeur. Non, non, non ! Tu sais bien que ce n'est pas la bonne pose ! Les deux bras sur le fauteuil, la nuque contre l'appuie-tête. Tu es censé avoir l'air d'un sénateur de la Rome antique, représenter une figure d'autorité intimidante. Tu ne t'en souviens pas ? Ton dîner t'a-t-il mis dans le même état que moi pour que tu t'affales comme un sac en papier vide. Bien, c'est mieux... Bon, ne bouge plus, grand Dieu !

Des souvenirs ? Oh oui ! Des bons et des mauvais, je t'assure. Pis, tu as suscité en moi des sentiments de regret, pour la première fois depuis mon arrivée dans cette île. Il est vrai que tu as toujours produit cet effet sur moi, alors pourquoi serait-ce différent aujourd'hui ? Je me suis mis à imaginer ce qui se serait passé si j'étais demeuré à Londres, si j'avais soigné mes relations, si j'avais continué la lutte, si je m'étais marié. J'ai aperçu la carrière qui m'attendait, couronnée par l'achat d'une grande maison à Holland Park ou à Kensington. J'aurais été révéré par mes nombreux disciples, au lieu d'être oublié et de vivre dans ce complet isolement. C'est trop tard désormais. Aujourd'hui, j'aurais la réputation d'être une personne désinvolte, à qui on ne peut faire confiance. Combien de commandes crois-tu que j'ai abandonnées en partant ? Une dizaine au moins, la plupart déjà payées. Et je doute que ce que je peins désormais puisse avoir beaucoup de succès. Trop excentrique, trop bizarre.

Les choses auraient pu tourner différemment, comme tu le sais. C'était à ma portée. Il me suffisait de conserver la faveur de gens comme toi et de continuer à produire des œuvres qui soient originales sans pour autant rebuter les acheteurs par leur audace. Voilà pourquoi je peux me laisser aller aux regrets. On ne peut regretter une chimère, seule une occasion effectivement perdue peut engendrer cette nostalgie. Le succès aurait-il été aussi délicieux qu'il m'a paru, quand j'y ai pensé, couché dans mon lit, tard hier soir. Sans doute pas. J'y ai assez goûté pour que ma langue en connaisse l'amertume et mon palais la sécheresse, à l'époque où je faisais des compliments à des femmes laides en pensant au portefeuille de leur mari ou que je bavardais poliment avec des marchands de tableaux qui ne s'intéressaient qu'à leur marge. Je savais à quoi s'exposent ceux qui ont réussi. La génération d'après n'a qu'une envie : les faire choir de leur piédestal et se gaver de leurs entrailles.

N'avons-nous pas agi ainsi, toi et moi ? Aurais-je été épargné quand mon tour serait venu ? Je ne le crois pas. C'est le cycle des générations, que suivent toutes les espèces habitant la surface de la terre. La montée des jeunes, l'élimination des vieux. Un mouvement perpétuel. Étais-je censé avancer en somnambule, jouer docilement un rôle dans une pièce dont l'intrigue était déjà écrite et sur laquelle je ne pouvais avoir aucune prise ? On a passé de longues heures dans les cafés parisiens et les pubs de Londres, à se gausser de William Adolphe Bouguereau, de sir Hubert von Herkomer et autres William Holman Hunt. On se moquait de leur style pompier, de leur façon de prostituer leur talent en fabriquant de stériles allégories destinées à la bourgeoisie. C'étaient bien là nos merveilleuses formules ronflantes, n'est-ce pas ? Quel plaisir on prenait à les débiter ! Mais aujourd'hui, que diraient de moi les jeunes peintres ? Comment les appelle-t-on déjà ? « Vorticistes », « cubistes », « futuristes », ou quelque chose comme ça ? Trop bizarres même pour toi, j'imagine. « Sentimental » pourrait définir le genre de tableau que je faisais à Londres. « Joli », peut-être. Le terme « fabriqué » serait trop blessant. Et sans doute toute une flopée d'autres qualificatifs injurieux que je n'imagine même pas. Qui sait quels péchés nous avons nous-mêmes commis lorsque nous avons rejeté nos prédécesseurs dans les ténèbres en piétinant si joyeusement leur réputation ?

En fait, nous n'avions guère de talent, tu sais. Pense à toutes ces aunes de toile qu'au retour de Paris nous avons produites à la chaîne, à tout cet impressionnisme à moitié digéré. On s'est débarrassés des paysans romantiques et des études de jeunes tricoteuses, soit. Mais on les a remplacés par d'immenses paysages aux délicates nuances de vert et de brun. Des milliers. Le Cumberland, le Gloucestershire ou la Bretagne, c'était du pareil au même : tous ces paysages se ressemblaient plus ou moins. Pourquoi les peintres anglais raffolent-ils à ce point du brun ? Si encore cette couleur était moins chère que les autres ! Nous n'avons appris des impressionnistes que l'art de confectionner des tableaux assez sages pour être accrochés aux murs du salon, entre une gravure représentant la reine et la tapisserie à l'aiguille exécutée par grand-maman au temps de sa jeunesse.

Ce qui m'intéresse, c'est la violence que ces jeunes mettent dans leurs œuvres. Celles-ci sont peut-être repoussantes, maladroites, le contraire de l'art véritable. Peut-être leurs auteurs sont-ils des imposteurs et des imbéciles. Mais ils puisent dans la violence de l'âme humaine ; leurs tableaux me font penser au premier roulement de tonnerre entendu par une journée d'été. Ces jeunes artistes ont prolongé la gamme des émotions jusqu'à des zones auxquelles nous n'avions jamais songé. Rien de tout cela à notre époque. Nous défiions la vieille génération de maintes façons, mais notre idée de la violence restait héroïque. Le général Wolfe conquérant le Québec, Napoléon traversant les Alpes. Ni sang, ni mort, ni cruauté. Nous produisions des études de jeu de lumière sur les murs d'une cathédrale et pensions que c'était suffisamment révolutionnaire. J'aurais pu montrer la voie, tu sais.

Quoi qu'il en soit, j'ai décidé de ne pas attendre mon inévitable éclipse. Je refusais d'être une proie facile. J'ai battu en retraite, plié bagage, débarqué ici. J'ai renoncé à l'anoblissement, à la notice nécrologique dans le *Times*, à la rétrospective commémorative à la Royal Academy. Je ne voulais pas laisser aux autres le soin de détruire ma réputation, alors je m'en suis chargé moi-même. Je pouvais au moins les priver du plaisir de m'abattre. Pleutrerie, as-tu peut-être pensé à l'époque... Je préfère appeler ça du discernement. Pourquoi un soldat attend-il d'être défait par une armée dont il connaît la supériorité ? Il vaut mieux décamper. Et guetter le moment propice pour agir.

Mon renoncement n'a pas été mystique, mais purement tactique. Je n'aspire pas à l'anéantissement, j'ai une trop haute opinion de mon œuvre pour cela. Il est vrai, l'attente sera longue, mais la renommée, de mon vivant, ne m'intéresse pas. Même si j'avais atteint une gloire immense, je savais qu'elle n'aurait pas tardé à se dissiper. Je convoite un plus prestigieux trophée. D'une valeur bien supérieure.

Ah ! tu penses que je perds la tête, que les années de solitude et d'exil m'ont fait finalement basculer dans une mégalomanie démentielle. Mais tu comprendras quand j'aurai fini ce tableau. Tu comprendras...

Je ferais sans doute mieux de te révéler mon secret. Tôt ou tard tu le découvriras tout seul et je veux que ce soit moi qui provoque ton fameux rictus. Dorénavant, je fréquente l'église. Et pas seulement pour la beauté du spectacle. J'accomplis tous les rites : confession, communion, tout le saint-frusquin. Je suis devenu bon catholique, moi qui ai été élevé dans la foi de l'Église presbytérienne d'Écosse, qui déteste tout ce qui a trait au papisme. Pour rompre avec son passé, détruire son histoire personnelle sans espoir de retour, rien ne vaut une bonne conversion, à mon avis. Je crois que j'ai été attiré par la discipline que cela implique. Après tout, vivant tout seul dans cette maison, sans la moindre attache, j'avais besoin de donner une forme à la semaine. Tu constateras que cela a énormément influencé mon style. Je connais désormais sur le bout des doigts les souffrances des martyrs, car le prêtre de la paroisse en raffole et les décrit en long et en large lors de ses sermons. Il adore également les miracles, ce que je trouve rafraîchissant à une époque où les hommes refusent de prêter foi à ce qu'ils ne peuvent expliquer rationnellement.

Il a entrepris mon éducation religieuse et m'indique des textes à lire et à méditer après la confession. De pure souche bretonne, il a une prédilection pour les vieux saints celtiques, qui me plaisent beaucoup d'ailleurs. Il y a quelques mois, j'ai lu un texte sur saint Coloman qui, pour une raison ou une autre, avait été accusé de trahison et condamné à mort. Il a été pendu, et son corps est resté dix-huit mois sur le gibet sans se corrompre. Je crois qu'on veut faire comprendre avec ce récit que la mort l'a sanctifié : de son vivant il n'avait rien fait d'extraordinaire, mais la haine des autres l'a métamorphosé en quelque chose que même les corbeaux n'ont pas osé souiller. On est loin des bonnes œuvres et des enseignements de l'Église presbytérienne. Penses-tu que c'est la raison pour laquelle le bon père m'a assigné cette histoire comme lecture de chevet ? Ou peut-être avait-il une autre idée en tête… Peut-être étais-je censé m'intéresser au sort des meurtriers du saint : ils ont tous été noyés.

Si je te laissais voir ce que je suis en train de faire, tu constaterais tout de suite à quel point, sous l'influence de cet enseignement, mes yeux sont devenus catholiques. Subrepticement, je transforme en trône le fauteuil sur lequel tu es assis. La pose est hiératique et tu sembles être bien davantage qu'un critique écrivant dans les journaux et les revues chic. Pour atteindre à la vérité, j'utilise la méthode de la flatterie discrète. Tu en auras pour ton argent, c'est promis. Tu ne seras pas un simple journaliste, loin de là. Tu auras la pose d'un pape, comme celui peint par Vélasquez, afin de rappeler à tout un chacun l'autorité à laquelle des gens de ton acabit soumettent le monde moderne. Tes désirs sont des ordres. Tu lèves un doigt et une réputation est faite ; tu secoues la tête et le travail accompli avec tant d'ardeur, les espoirs nourris durant des années sont réduits à néant. Tu ne conduis pas des armées, tu ne répands pas la désolation sur des terres lointaines comme nos hommes politiques et nos généraux…

Tu es bien plus puissant que ça, n'est-ce pas ? Tu modifies l'opinion du public, façonnes sa perception du monde. Immense pouvoir, exercé sans la moindre entrave ni le moindre contrepoids. Dans la dictature du monde de l'art, tu es le grand prêtre du vrai et du beau. À ta manière, tu es une sorte de pape, et je vais te rendre hommage à ma façon.

Mais qu'en est-il de mon rapport à l'Église ? Si, je suis sérieux. J'ai toujours cru au péché, tu sais. C'est là le seul legs reçu de mes ancêtres écossais. Or j'ai toujours trouvé les péchés écossais fort peu satisfaisants. Il y en a trop pour qu'on puisse en distinguer les merveilleuses nuances. Jouer aux cartes le dimanche, boire plus que de raison, séduire la femme de son prochain, commettre un meurtre, c'est le même prix : le châtiment éternel. Le temps de se réveiller, de quitter le lit, de descendre prendre son petit déjeuner, on a déjà perdu son âme. Alors pourquoi se priver de tuer quelqu'un ? De toute façon, on est condamné avant même de sortir du berceau. Ici, ils sont plus subtils en ce domaine. Ils ont de grands et de petits péchés, des péchés mortels et des péchés véniels. On n'est pas précipité en enfer sans avoir fait ce qu'il faut pour ça. On doit gagner sa damnation.

Voilà un Dieu selon mon cœur. On s'entend bien, et puisqu'Il a rendu ma vie beaucoup plus intéressante, j'estime que je peux croire un peu en Lui. J'assiste donc à la messe, demeure en extase au milieu des pêcheurs et de leurs épouses, baigne dans l'odeur de la sainteté et du haddock, et me confesse quatre fois l'an. N'ayant pas grand-chose à avouer en ce moment, je reviens des années en arrière afin d'effacer l'ardoise. Le prêtre soupire quand il m'aperçoit, je le crains. Il sait qu'il va être gratifié d'un nouveau chapitre de mon autobiographie, ce qui va l'obliger à rester recroquevillé pendant des heures dans son petit confessionnal. Il me soupçonne d'enthousiasme, ce qui est en soi un péché.

D'un autre côté, il est bien obligé de reconnaître que je possède un merveilleux assortiment de péchés à avouer. Il ne s'ennuie pas. De temps en temps, j'entends une brusque inspiration. Je sens que la stupéfaction le fait presque sourire et qu'il éprouve, en outre, une bonne dose d'envie. Il faut d'ailleurs que tu le rencontres. Non parce que tu passeras un bon moment en sa compagnie, quoiqu'il soit d'un commerce plutôt agréable, ni parce qu'il se trouve au sommet de l'échelle sociale de l'île, même si c'est aussi la stricte vérité... Tu dois faire sa connaissance, c'est une obligation ; son pouvoir sur son territoire est plus grand que celui du pape sur ce qui reste du sien. L'île de Houat est une théocratie. Je ne plaisante pas. Le prêtre n'est que l'adjoint du maire, mais il s'assure que la fonction officielle soit confiée à une baudruche afin d'avoir la haute main sur tout. Il dirige le syndicat de la pêche. Il est juge de paix et directeur de l'école. Ses bonnes sœurs contrôlent le télégraphe électrique et il vient seulement d'abandonner la gestion des stocks d'alcool. Pas question de prendre le père Charles à rebrousse-poil. Pas si on veut rester sur l'île. C'est un monarque absolu, chef du système judiciaire et représentant de Dieu sur terre. Toutes ces fonctions s'incarnent dans le même petit homme... Et il possède le seul bon cuisinier de l'île. Bienveillant, il est néanmoins dans son domaine aussi despotique que toi dans le tien. Tu dois aller lui rendre visite, sinon c'est lui qui viendra te voir, et tu auras manqué à la politesse. Essaie de te rendre agréable, par amitié pour moi. Abstiens-toi, je t'en prie, de lancer tes spirituelles reparties d'intellectuel cosmopolite. C'est un homme fier, protecteur zélé de ses sujets, lesquels, tu dois le savoir, n'ont aucune envie de secouer le joug. Si ce n'était pas le père Charles, ce serait quelqu'un d'autre, qui ne serait peut-être pas aussi résolu à tenir les Français du continent à bonne distance.

Voilà l'homme qui t'a remplacé auprès de moi comme mentor et confident. Je m'étais efforcé de jouir de mes péchés, mais je découvre que je prends encore plus de plaisir à les expier. Sais-tu qu'il m'a un jour traité de libertin ? Merveilleuse expression d'*Ancien Régime** qui m'a énormément plu. Dès mon retour à la maison, je me suis croqué en roué de Hogarth, en pleine débauche dans mon studio, deux de mes modèles préférés vautrés sur moi. J'ai brûlé le dessin, pourtant, n'ayant pas réussi à y instiller la moindre goutte de répréhension, rien que de la nostalgie, ce qui était inconvenant. On ne peut être pardonné si on ne se repent pas sincèrement – c'est, semble-t-il, l'une des règles – et ce croquis indiquait clairement que mon repentir était loin d'être complet.

En outre, c'était un travestissement de la vérité : mes péchés n'ont jamais été aussi spectaculaires. Même lorsque le sort de mon âme est en jeu, je ne peux m'empêcher d'en faire trop. Faiblesse que tu m'as signalée il y a des années, et Dieu sait que j'ai déployé de grands efforts pour me maîtriser, m'en tenir aux faits, obéir à la loi édictée par Dieu et William Nasmyth. Mais je n'y parviens jamais très longtemps. Tôt ou tard, je rehausse les couleurs, encombre la toile d'éléments superflus ou ajoute un modèle de plus à mes souvenirs.

JACKY ÉTAIT L'UN DES PERSONNAGES DE MON ESQUISSE, bien sûr, car elle était toujours mon sujet favori. Elle était si commune, si vulgaire, si répugnante qu'on ne pouvait s'empêcher de l'admirer. C'était, de plus, un extraordinaire modèle. Corps d'Aphrodite, visage de Vierge, et capable de rester immobile durant des heures dans toutes les poses qu'on voulait bien lui indiquer. J'ai toujours préféré les femmes plantureuses à la Rubens. Très peu pour moi, le genre Botticelli, les maigrichonnes tout en angles et arêtes. Jacky offrait ses rondeurs, ses formes opulentes, soulignées par une peau impeccable, à l'éclat quasi marmoréen. Elle incarnait la fécondité : tout en elle était sensuel, charnel. Que demander de plus ?

Au début, je croyais qu'elle réfléchissait, durant les séances de pose, mais j'ai fini par comprendre qu'elle n'avait rien dans la tête. Le vide total. Le temps n'avait aucun sens pour elle. Minute, heure, journée entière, c'était du pareil au même. N'ayant rien de mieux à faire, elle restait simplement immobile. Je crois qu'elle agissait de même lorsqu'elle était toute seule. L'argent que je lui donnais pour faire ce qui lui était naturel était du bonus. Mais quand elle se mettait à parler, Dieu du ciel ! Le contraste était frappant entre son air angélique et l'inanité de ses propos. « Alors, j'y ai dit comme ça, si vous croyez que j'vais vous filer deux pennies et demi pour ce truc-là, vous vous fourrez l'doigt dans l'œil jusqu'au coude. J'lui ai pas envoyé dire, et vous savez c'qu'elle m'a répondu… » Elle n'arrêtait pas de jacasser, donnant moult détails sur le prix des tomates, des tissus, ou sur le gâteau qu'elle avait brûlé, ou encore le bas qu'elle avait perdu. La tête te tournait tant qu'on avait envie de se jeter par la fenêtre rien que pour ne plus l'entendre. J'ai toujours trouvé cela extrêmement déroutant, car je continuais malgré tout à croire le vieil adage selon lequel le visage est le miroir de l'âme. Ce n'était pas le cas de notre chère Jacky, et cette constatation a eu tôt fait d'anéantir tout désir.

On pouvait lui demander de faire n'importe quoi, elle obéissait docilement, mais on avait l'impression de faire l'amour à une poupée de son. Des mouvements sans aucune passion. Elle ne faisait même pas semblant de participer, gardant son habituel regard vide. Je savais, bien sûr, qu'elle avait d'autres sources de revenus, qu'elle « divertissait un monsieur », comme elle disait, soudain très pudique. J'ai d'ailleurs toujours soupçonné qu'il y avait tapie en elle une ménagère petite-bourgeoise qui s'ignorait et qui rêvait peut-être d'avoir son salon et son jour de lessive. Je ne crois pas que le monsieur en question se soit beaucoup diverti. Je ne cherchais pas à connaître l'identité du malheureux, je me contentais de le plaindre.

Quel dommage qu'elle se soit suicidée ! Son égoïsme a privé le monde de beaucoup de beaux tableaux. Je n'aurais jamais pensé que cela fût possible avant d'apprendre la nouvelle par le journal. « Prostituée occasionnelle repêchée dans la Tamise », disait la presse. Elle méritait une autre oraison funèbre, en dépit de ses nombreux défauts. C'était le meilleur modèle du monde, à mon avis, malgré sa bêtise. Sa grande bêtise. Se suicider pour la simple raison qu'elle était tombée enceinte ! Qui aurait cru qu'elle était capable d'éprouver la moindre honte ? Encore moins de recourir à cette extrémité. Tout à fait déconcertant. Stupide de son vivant, elle est morte comme elle avait vécu, semble-t-il.

Ah ! que ton visage est impénétrable, mon ami. Quelle maîtrise de soi ! Tu es le cauchemar du peintre, tu sais. Voilà une qualité que j'admirais beaucoup jadis. Le stoïcisme du gentleman anglais est un excellent trait de caractère, sauf si on essaie de le saisir sur la toile, parce que les émotions rebondissent dessus et gardent leur secret. Qu'on te dise quelque chose de choquant ou de merveilleux, qu'on t'insulte ou qu'on te fasse des compliments, on est automatiquement gratifié de la même expression indéchiffrable. On a l'impression d'essayer de regarder à travers une vitre sale. On n'entrevoit guère que son propre reflet. Je ne m'en contenterai pas. Avant ton départ, tu devras me montrer une vraie émotion, sinon je flanquerai mes pinceaux par terre et, saisi d'une fureur typique d'artiste, quitterai la pièce en trombe. Voilà des années que cela ne m'est pas arrivé.

Étrangement, Evelyn s'était entichée de Jacky. Je la lui avais passée quand elle était revenue à Londres en 1902. Evelyn avait besoin d'un modèle et Jacky avait fini par devenir son seul et unique modèle. Étrange attelage ! Elles se complétaient, chacune comblant un vide en l'autre, j'imagine. Evelyn devait apprécier la simplicité de Jacky, son côté ménagère, la fadeur de ses goûts. Sans doute avait-elle besoin d'un refuge où oublier tout cet esthétisme, d'un antidote occasionnel au grand sérieux de la création artistique. Peux-tu comprendre ce phénomène, William ? Pourrais-tu jamais subir son attrait ? Et quelque chose en Evelyn avait attiré Jacky. Son indépendance et son silence, peut-être. La force intérieure qui contrastait avec la fragilité apparente. Ou peut-être avait-elle été plus perspicace que moi et avait-elle compris la foncière vulnérabilité d'Evelyn, Jacky, de son côté, avait-elle été sensible à son courage. Quand des gens comme moi – qui pensais que si le bas peuple est un bon sujet pour un tableau on ne converse pas avec lui – les voyaient ensemble dans la rue, ils se moquaient d'Evelyn. Elles marchaient parfois bras dessus, bras dessous. Comme deux amies, pas comme un peintre et son modèle, ni comme une maîtresse et sa servante. Il y avait un certain manque de dignité dans cette familiarité ; un peu comme si on invitait sa femme de chambre au restaurant.

Comment pouvaient-elles passer autant de temps ensemble ? C'était un vrai mystère, surtout que Jacky enguirlandait parfois Evelyn comme une vieille mégère. Je n'aurais jamais supporté qu'un modèle me parle sur ce ton, mais cela ne paraissait pas du tout gêner Evelyn, qui semblait même s'excuser platement. Si elle ne se plaisait guère en la compagnie des autres peintres, elle se faisait des amis dans toute sorte d'étranges milieux. Elle était de ces gens qui sont capables de trouver quelque chose d'intéressant chez presque tout le monde. Je me disais qu'avec Jacky l'effort devait être presque surhumain, mais cela ne donnait pas cette impression quand je les voyais ensemble. Evelyn avait l'air beaucoup plus détendue avec Jacky qu'elle l'était jamais avec moi. Si je ne songeais pas alors à cet aspect des choses, j'y ai beaucoup réfléchi depuis.

Aujourd'hui, je n'ai pas besoin de modèle. Voilà un bon bout de temps que je n'ai pas peint de femme de moins de quarante ans. Ici, les hommes gardent soigneusement leurs épouses et l'île est très petite. De plus, je ne trouve pas très attrayantes toutes ces coiffes en dentelle, or les femmes ne sortent jamais nu-tête. La plupart, d'ailleurs, ne sont pas particulièrement intéressantes comme modèles, à moins d'aimer peindre des faces tannées et les effets de la malnutrition ou d'un travail éreintant. Ce n'est guère le genre de sujet qui plaît en général. Elles ont le visage fermé, et il faudrait les connaître bien davantage pour lire dans leurs pensées afin qu'elles deviennent des sujets dignes d'être étudiés.

La beauté peut cependant s'épanouir sur les terres les plus ingrates. Il y a une fille dont j'adorerais faire le portrait. Elle a les yeux du diable. Mais on n'a fait qu'échanger des regards pendant la messe. Je sais que je la fascine. Je représente pour elle ce que tu représentais jadis pour moi : un nouveau monde, plein de possibilités. Je suis susceptible de lui offrir tout ce qu'elle ne peut obtenir sans aide. Elle veut quitter son île, pour connaître et devenir autre chose. Elle en rêve la nuit. Elle aspire à la liberté et pour cette raison est détestée par beaucoup de Houatais. Ses désirs l'ont rendue revêche. Cela ne va pas tarder à altérer sa beauté.

Son destin changerait si j'intervenais. Quoi qu'il arrive, elle partirait, n'épouserait pas le brave pêcheur qui lui est destiné, ne vieillirait pas avant l'heure à cause de la dureté de la vie et des grossesses. Dieu seul sait comment elle finirait. Mais quelle que soit l'issue, une partie d'elle-même veut risquer le coup, jouer à quitte ou double. Tout plutôt que ce qui l'attend ici. Si seulement j'osais lui forcer la main ! Quelle tentation, bonté divine ! Mais je vais m'abstenir : ce n'est pas à moi de changer son destin. Elle n'a qu'à prendre le ferry et ne jamais revenir. Simple comme bonjour. Si on change la vie de quelqu'un, on est responsable de cette personne à jamais. C'est une lourde charge qu'on n'a pas le droit d'esquiver. N'est-ce pas, William ?

J'ai peint un portrait. Le terme de « nature morte » conviendrait mieux, d'ailleurs. Il est inachevé, comme la plupart de mes œuvres en ce moment. Mais pas par paresse : il m'est impossible de le terminer. Il y a environ un an, le corps d'un gamin s'est échoué à Treac'h Salus, une belle plage de sable fin, à environ vingt minutes de marche d'ici. Personne ne le connaissait. Il n'était pas de l'île, en tout cas. Il était peut-être tombé d'un bateau de pêche la semaine précédente, mais nul n'avait entendu parler d'un tel accident. Peut-être s'agit-il d'un garçon de cabine travaillant à bord d'un des paquebots qui voguent au large, voire d'un passager clandestin. On a fait une enquête : il venait de la mer, on n'a rien pu découvrir d'autre. Les gens qui s'y connaissent en la matière ont estimé qu'il était dans l'eau depuis une semaine environ, pas beaucoup plus. Je faisais une promenade matinale quand j'ai vu au loin le petit groupe de personnes qui l'entouraient. Leur attitude était empreinte de sérénité et de respect : ils priaient. Tu te rappelles *L'Angélus* de Millet ? La façon dont la tête de la femme s'incline vers le sol tandis que l'homme triture nerveusement son chapeau, tous les deux perdus dans leurs pensées ? La manière dont l'intensité de la prière est dépeinte à la fois avec une grande simplicité et une grande efficacité ?

Je me suis approché. Ma curiosité les a dérangés, mais je ne pouvais pas rester à l'écart : j'avais besoin de découvrir la raison de cet attroupement qui s'était organisé en une pose parfaite. Je n'ai pas réagi comme eux : ils méditaient, j'étais fasciné ; ils étaient résignés, j'étais exalté. Lumineuses couleurs de la décomposition, entrelacs complexe des courbes et des angles du corps disloqué, ballonné, et à moitié dévoré... Couleur verdâtre, aux reflets rouge et violet sous les rayons du soleil courant sur une jambe nue, naguère jeune et vigoureuse... La dignité de la forme humaine créée à l'image de Dieu peut être si facilement réduite par la mer à l'état de chose obscène et grotesque. L'œil – il n'en restait qu'un seul, l'autre, ayant été dévoré, laissait une orbite vide –, d'un bleu pâle, semblait une lueur d'espoir au milieu de cette carcasse pourrissante et puante. Il y avait encore de la personnalité et de la vie dans cet œil : il paraissait presque amusé par le sort qui lui avait été réservé. Aucune crainte, aucun chagrin. Parfaitement calme, presque serein. Reflet de l'âme qui survivait malgré tout ce qui était arrivé, l'œil observait ma réaction.

Obsédant. Littéralement, puisque, des jours durant,

je n'ai pu penser à rien d'autre. J'avais l'impression de le connaître, d'avoir déjà vu ce regard se poser sur moi. Je suis revenu l'après-midi avec un carnet à croquis, mais cela aurait été si mal vu qu'il valait mieux ne pas tenter de s'installer pour dessiner. Étrangement, je n'arrivais pas à bien dessiner le gamin sans être sur place. Je ne pouvais rendre que l'œil qui, telle une vive lumière perçant les ténèbres, plongeait dans l'ombre le reste de la scène. Même si l'image était fichée dans mon esprit et la composition très claire, à part l'œil, le corps du jeune garçon continuait à m'échapper.

On l'a enterré le lendemain dans le sinistre petit cimetière ; il a eu droit à une cérémonie en bonne et due forme, comme s'il avait été l'un des leurs. Il faut le souligner, car les enterrements coûtent cher et ces gens ne roulent pas sur l'or. Mais il aurait pu si facilement être l'un de leurs propres enfants. Émouvante cérémonie, vraiment. Dépouillée et austère, comme leur vie. Les fidèles se sont regroupés dans l'église qui surplombe la mer. Ils pleuraient sincèrement la mort de quelqu'un qu'ils n'avaient pas connu. Ce sont de braves gens, réellement, bien que ton expression pendant que je te raconte cette histoire montre à quel point tu les trouves insignifiants.

Un événement s'est produit quelques jours plus tard que même toi pourras trouver curieux. Ou peut-être pas. Ayant eu vent du drame, la police est venue de Quiberon pour faire la lumière sur cette noyade. Les policiers ont été furieux, à juste titre, d'apprendre que le gamin était déjà enterré. Ils ont même menacé d'exhumer son corps, mais le prêtre les a vite convaincus de renoncer à cette idée. Ce qui est bizarre, c'est que tous les habitants, hommes et femmes, ont refusé de fournir le moindre renseignement. Ni sur l'endroit où le corps avait été trouvé, ni sur ce qu'ils en avaient fait, ni sur leurs hypothèses concernant l'identité du gamin. S'enfermant dans un mutisme obstiné, ils ont fait bloc et accueilli toutes les questions avec un silence buté. Le gamin leur appartenait désormais. Sa mort ne regardait qu'eux. Lorsqu'ils ont affaire au monde extérieur, leur entêtement est extraordinaire.

Cela m'a rappelé une ancienne fascination qui sommeillait en moi depuis des lustres. Te souviens-tu de ces expéditions du dimanche matin que nous entreprenions jadis à Paris ? Je les trouvais si merveilleuses… Réveil matinal, rendez-vous dans un troquet pour un petit déjeuner de café et de tartines, puis toute une journée de discussions et de visites artistiques. Aucune amitié n'aurait pu être si forte et si profonde. Ce fut mon éducation, qui m'a apporté davantage, en maints domaines, que tout le temps passé sur les bancs de l'école et dans les ateliers. On a vu les œuvres de Puvis de Chavannes au Panthéon et discuté longuement pour déterminer si ces vastes toiles représentant des saints étaient géniales ou médiocres, des chefs-d'œuvre ou des croûtes. Je n'ai toujours pas résolu le dilemme, mais je les aime car, pour moi, elles seront à jamais associées au bonheur de l'amitié et à la joie de la découverte. Nous avions tout le Louvre à notre disposition, les peintures murales médiévales, l'architecture Renaissance, les sculptures de Houdon et de Rodin. On a vu des églises et des monuments, de l'art moderne et ancien. Nous avons étudié ensemble les peintures italiennes et les gravures allemandes, arpenté les rues, bu et mangé en tête-à-tête. On s'est assis dans des parcs et sur des places poussiéreuses, on a marché le long du fleuve et des canaux jusqu'à la chute du jour, sans pour autant cesser de parler. Je me rappelle la façon dont, tout en avançant d'un bon pas, tu pointais et agitais le doigt pour souligner un argument, ta manière de t'affaler sur un banc dans un jardin public, de t'éventer avec un guide, tout en terminant une pompeuse péroraison sur l'utilisation de la sculpture officielle... La faculté que tu avais de pouvoir réciter un poème au pied levé dans un français impeccable pour commenter une peinture ou une belle vue... Et ta capacité à transformer n'importe quoi en sujet de conférence.

Je revenais épuisé de ces sorties, mais incapable de m'endormir, la tête me tournant après tout ce que j'avais vu. Je repensais, bien sûr, à tout ce dont nous avions discuté. Avais-je dit des sottises ? Naturellement, j'en avais proféré beaucoup. Toi aussi, mais avec une si belle assurance que personne n'aurait osé les qualifier ainsi. C'est l'une des choses que j'ai apprises, l'une des plus importantes. Toutefois, même à l'époque, nos divergences commençaient à germer. Je me rappelle un bref frisson d'agacement – promptement réprimé –, lorsque tu as fait ce commentaire ironique sur Boucher. D'accord, elles ne plaisent pas à tout le monde, ces femmes ridicules déguisées en bergères et affublées de perruques bouffantes. Reconnais pourtant le talent du peintre ! Il savait tout faire. La première fois que j'ai vu ses œuvres, je n'en croyais pas mes yeux. Or cela n'avait aucune importance pour toi, et peut-être avais-tu raison. Mais ne percevais-tu pas son sens de l'humour ? Crois-tu qu'il ne savait pas qu'il les rendait ridicules, ces grands aristocrates ? Ne comprenais-tu pas que c'était là son but ? Non. L'humour n'a jamais été ton fort. Tu es bien trop sérieux. La plaisanterie a toujours été absente de ta vie.

Je revois en particulier notre excursion jusqu'à la crasseuse banlieue industrielle de Saint-Denis pour visiter la magnifique basilique qui renferme les tombes des rois de France. Ç'a été l'une de ces révélations qui comptent dans une vie, d'autant plus qu'elles sont absolument inattendues. Notamment les statues de Louis XII et de son épouse montrant, d'une part, les souverains dans toute leur gloire, royaux, puissants, et, d'autre part, au plan inférieur, leurs cadavres décharnés, nus et répugnants. *Nous fûmes tels que vous êtes et vous serez tels que nous sommes.* Aucune sentimentalité, aucune dissimulation. Ni crêpe noir, ni belles paroles pour celer la réalité. Ces gens osaient regarder en face l'inévitable et montrer que même les rois se décomposent. Telle sera notre condition dernière, vision que, depuis des générations, les artistes évitent de représenter. D'abord jeunes et alertes, puis confortablement établis et, finalement, morts et en état de décomposition. Espoir, angoisse et paix. Il n'existe que trois âges de l'homme, et non pas sept. En ce moment, je suis en train de peindre le deuxième.

Mon échec récent concernant le gamin de la grève m'a d'autant plus contrarié que les sculpteurs de la basilique avaient réussi. Pourquoi n'y étais-je pas parvenu ? Ce n'était pas très difficile, après tout.

Il s'agissait d'une nature morte, pas plus complexe qu'un assortiment d'objets à l'académie Julian. Mais j'ai échoué, n'ayant peint au bout du compte qu'un pêle-mêle de haillons, un fouillis sentimental et informe. Cela ne valait guère mieux que le genre de truc que j'aurais barbouillé pour l'*Evening Post.* « Mort mystérieuse d'un gamin sur la plage ». Entrefilet relégué à la quatrième page, illustré d'un grotesque dessin de moi, imprimé en deux couleurs criardes, trois si la scène était vraiment horrible.

Je me suis rongé les sangs à ce sujet. Je n'ai pas l'habitude de ces échecs. Normalement, ma technique aurait dû me permettre de peindre quelque chose de passable, capable de déplaire au grand public. Je ne voulais ni un travail parfait, ni quelque chose d'édulcoré, d'artistique. Tu te rappelles l'affreux tableau de Wallis à la Tate Gallery, *La Mort de Chatterton* ? Un jeune et joli poète est allongé en travers du lit dans une gracieuse pose, après avoir avalé de l'arsenic. Ha ! On n'a pas cette mine quand on vient de prendre de l'arsenic ! On est couvert de saletés, on pue, on est recroquevillé par terre, on se tord de douleur ; le visage est convulsé, hideusement défiguré, tandis que le poison vous ronge les intestins. On n'a pas l'air de s'être affalé sur le lit pour faire une petite sieste après avoir mangé trop de sandwichs au concombre. Mais s'il n'avait peint une telle scène, elle n'aurait jamais fait pleurnicher les gens sur le sort des artistes maudits qui meurent avant leur heure. Voilà ce que je souhaitais éviter, mais pas en peignant des paysages ou des pauvres en train de s'amuser au music-hall. Je voulais peindre la vraie mort ; celle qui appartient à la vie, en somme. Je sais, j'ai dessiné un bon nombre de suicidés quand je travaillais pour ces magazines. Ainsi que des meurtres et des pendaisons. Mais c'était mon boulot, et je n'avais jamais plus d'une heure pour exécuter un croquis, avant de rentrer au bureau pour aider à préparer la copie. « Horrible mort à Clapham », « Meurtre atroce à Wandsworth », « Prostituée occasionnelle repêchée dans la Tamise ». Si, entre-temps, je n'étais pas devenu peintre je me serais rendu sur les lieux quand ils ont retrouvé le corps de la malheureuse Jacky.

Alors, suivant l'exemple de Michel-Ange, je suis allé étudier les cadavres. Quiberon possède une morgue dirigée par un médecin qui a des prétentions artistiques mais personne avec qui discuter. En échange de quelques ragots scabreux et de peintures, il m'a laissé aller et venir à ma guise dans son domaine. J'ai étudié tous les cadavres que l'on y apportait. Plus ils étaient défigurés et décomposés, plus j'étais content. Je suis bientôt passé maître dans l'art de représenter les effets des vers, de l'eau, des morsures de chien sur les vagabonds laissés trop longtemps dans le ruisseau. En quelques coups de crayon je sais restituer la magnifique ligne rouge tracée par le couteau qui tranche une gorge, ainsi que les os qui transpercent la peau verdâtre ou le crâne qui affleure sous les traits du visage. Voilà le genre de détails dont ne sont pas preneurs même les plus vulgaires des magazines londoniens, sans parler des acheteurs.

Toutefois, ces cadavres ne faisaient toujours pas mon affaire. Sais-tu pourquoi ? Parce qu'il s'agissait de corps morts. Ils n'avaient pas de caractère, pas de personnalité propre. Bien sûr, dis-tu. Or ce n'est pas si évident. Pour peindre l'envol de l'âme, il faut absolument avoir connu la personne de son vivant. L'homme qui a sculpté la statue de Louis XII avait dû beaucoup le fréquenter. La disparition de la personnalité laisse un grand trou béant dans cette statue. On peut connaître l'homme par ce qui n'est plus là.

TU AS REMARQUÉ QUE J'AI COMPLÈTEMENT MODIFIÉ MA TECHNIQUE depuis la dernière fois que l'on s'est vus. J'ai abandonné les pinceaux démesurément longs qui faisaient mon style. C'est dommage, en un sens, ils avaient fière allure. Je me rappelle la photographie qui accompagnait la critique de ma première grande exposition en 1905 à la Fine Art Society ! Il me semble que j'étais plus fier de la photographie que des critiques, bien qu'elles aient été plutôt élogieuses. Ça, c'est un peintre ! me disais-je. Et c'était vrai. Beau gosse, artiste de la tête aux pieds, je me tenais bien droit à un mètre environ de la toile, pointant devant moi le long pinceau. Un peu à la manière d'un chef d'orchestre, je forçais mes couleurs à prendre les formes et les nuances que je souhaitais. Larges coups de pinceau, très impressionnistes. Mais une bonne trentaine d'années trop tard, n'est-ce pas ? On était si fiers de défier l'ordre établi, de s'attaquer hardiment aux membres de l'Académie, de dépoussiérer et d'aérer les lieux, de pourchasser le conventionnel et le rassis. Or ils mouraient déjà sur pied, ces vieux birbes. On n'a pas réellement eu à se battre ; cela a été épargné à notre génération. Et elle n'aura jamais à le faire d'ailleurs. Si une guerre éclate – et il paraît que cela ne saurait tarder –, ce n'est pas nous qui devrons partir, la fleur au fusil. On est déjà trop vieux. En outre, nous étions de simples imitateurs, des importateurs en Angleterre de marchandises étrangères, pas plus originaux que les artistes envers lesquels on affichait un tel mépris. Moins peut-être. On n'aurait jamais pris l'un de leurs tableaux pour une peinture française ; notre radicalisme consistait à copier.

Certes, cela a fait beaucoup d'effet durant quelque temps ; voilà comment on gagnait sa vie, comment on se taillait une réputation. Les Anglais n'acceptent l'originalité qu'à petite dose : une nouveauté datant de trente ans leur paraît suffisamment originale. Il ne s'agit pas d'une critique de ma part : c'est le meilleur moyen de ne pas se tromper. Je crois cependant que même à l'époque j'étais conscient que notre enthousiasme et notre ferveur n'étaient pas tout à fait authentiques. Il y avait toujours un soupçon de cabotinage dans notre attitude. En venant ici, je suis retourné aux sources. J'avais été un assez bon peintre mais pas un peintre foncièrement honnête. Je suis donc reparti de zéro. J'ai troqué les pinceaux aux longs manches pour ceux, parfaitement ordinaires, qu'on peut se procurer dans n'importe quel magasin de fournitures pour peintre. Changez de matériel et tout change ! Le mouvement du pinceau sur la toile, la quantité de peinture qu'on prélève, la façon de la mélanger... Je suis dorénavant plus précis, plus pondéré, plus méticuleux. Et je fais davantage attention au sujet que je traite.

Énorme bouleversement. Mon incapacité à me rappeler le nom de la dame que j'avais si outrageusement insultée n'est pas fortuite : aujourd'hui, je ne me souviens guère de mes modèles ; même à l'époque j'avais du mal. Je ne les connaissais pas quand ils entraient dans mon studio pour la première fois, et je ne les connaissais pas beaucoup mieux le jour où ils repartaient en serrant leur portrait dans leurs bras. Je les peignais tels qu'ils m'apparaissaient, reproduisant les reflets de lumière sur leurs vêtements et leur peau, le jeu des couleurs autour d'eux. La technique primait sur le caractère et la personnalité. Or ce n'est pas suffisant. Reynolds le savait et l'a dit. Rembrandt le savait si bien qu'il n'a même pas jugé utile de le signaler. Il voulait sans doute peindre l'âme et si Reynolds souhaitait effectuer une étude psychologique, ils poursuivaient tous les deux, en fait, le même but : atteindre ce qui se trouve à l'intérieur, le crâne sous la peau, l'âme dans le crâne, ou là où elle se trouve.

Quant à moi, je jetais sur le modèle un regard paresseux et superficiel, sûr que le résultat était satisfaisant, puisqu'il s'agissait de *mon* regard et que le style reflétait la dernière mode française. *Regardez-moi ! Ne suis-je pas brillant ?* Voilà ce qu'affirmait ma peinture, en réalité. Pitoyable attitude. Depuis, je suis parvenu à la conclusion qu'on ne peut obtenir un bon résultat qu'à condition de faire preuve d'humilité devant son sujet. Qu'il s'agisse du roi d'Angleterre, empereur des Indes, d'un modèle à deux sous ou d'une coupe de fruits.

Tu saisis l'allusion, n'est-ce pas ? Bien sûr. Tu avais compris cela longtemps avant moi. Tu as toujours été plus intelligent que moi. Je veux tenter d'expliquer pourquoi on peut me trouver, presque tous les dimanches, agenouillé dans l'église du village. J'essaie de devenir un meilleur peintre, mon ami, parce que si le Tout-Puissant ne me rend pas humble, le rictus et le teint terreux de William Nasmyth, installé sur mon unique fauteuil, n'ont guère de chance d'accomplir ce miracle. La tâche n'est pas facile, parce que je veux peindre et ton apparence extérieure et le tréfonds de ton être. Je n'ai jamais réussi à bien sonder ton cœur car tu as toujours eu un côté charlatan.

Voilà ! C'est exactement ce que je disais ! La plupart des gens auraient l'air mécontent en entendant ce genre de remarque, un rien soucieux, en tout cas. Je n'ai jamais rencontré quelqu'un, même de tout à fait méprisable, qui ne se soit cru fondamentalement honnête homme. C'est humain. On n'y peut rien. Chacun a besoin de croire qu'il fait de son mieux, de se justifier, ne serait-ce qu'à ses propres yeux. Mais toi, tu réagis différemment. Les accusations te font sourire. Ton sourire ne nie pas les accusations. Il ne signifie pas : Pauvre idiot, il en faut davantage pour me vexer ! Non, il s'accompagne d'un minuscule, d'un imperceptible hochement de tête qui veut dire : Évidemment que je suis un charlatan, c'est le métier qui l'exige ; l'apparence règne sur notre époque et je suis passé maître en l'art de paraître ; je suis un entremetteur, je fournis le public en nouveauté ; je persuade les gens d'aimer ce qu'ils détestent, d'acheter ce dont ils ne veulent pas, de mépriser ce qu'ils aiment, et on ne peut accomplir cette prouesse qu'en utilisant les méthodes de « Monsieur Loyal » ; néanmoins, je suis franc et honnête et je dis toujours la vérité ; voilà en quoi consiste mon intégrité : je suis un imposteur chargé d'une mission sérieuse.

« Que désirent les hommes, à part la gloire ? » Telle est la question que tu m'as posée un soir dans un pub de Chelsea. Je me souviens que nous étions un peu éméchés et je n'ai pas répondu. Je savais que tu le ferais à ma place. J'adorais ces soirées. Parler de ces questions, au milieu des bateliers qui buvaient leur salaire, des concierges et des épiciers, braillant de plus en plus fort, à mesure que le tavernier empochait l'argent qui aurait dû payer une semaine de nourriture à leurs gosses. Ces discussions comptaient toujours beaucoup pour moi, même si j'étais sur le point de m'émanciper. Ton avis n'était plus parole d'Évangile et je commençais à me considérer comme ton égal. N'est-ce pas d'ailleurs le sort de tout bon professeur ? Voir ses élèves apprendre sous sa direction, puis se dégager de son emprise… Or j'ai découvert que tu ne voulais pas que je progresse. Tout comme j'avais besoin de ton enseignement, toi, tu avais besoin de mon admiration et de ma naïveté, et tu n'étais pas disposé à t'en passer. Je me demande souvent ce que ressent un père lorsqu'il voit sa progéniture quitter l'enfance et le priver de cette vénération instinctive dont il était l'objet. Le changement se produit-il d'un seul coup ou peu à peu ? S'agit-il d'un processus progressif ou brutal ? Est-ce ce pour quoi les artistes se conduisent en enfants et ont besoin d'humilier et de dénigrer leurs aînés pour s'affirmer ?

Sans doute ne connaîtrai-je jamais la réponse. Il est trop tard, vu mes quarante-cinq printemps bien tassés. Les enfants constituent une forme de création dont je ne ferai jamais l'expérience. Mon déclin est imminent. Déjà, mes os me font mal quand je sors du lit, mon regard n'est plus aussi perçant que jadis et je me sens épuisé le soir venu. C'est la grande malédiction du portraitiste que d'être à ce point conscient de son propre déclin. J'ai passé des années à examiner les visages et les corps. Je sais quels muscles doivent être flasques pour produire l'impression de faiblesse chez les vieillards. Quand je vois un visage, je suis les rides qui sillonnent les joues et le front, remarque comment l'œil s'enfonce et perd son éclat. Mon destin me saute aux yeux chaque fois que je me regarde dans la glace. Je peux prédire l'avenir. Te revoir à ton arrivée ici n'a pas été un choc. Je savais exactement comment tu serais physiquement, connaissais la nuance précise du gris de tes cheveux, devinais jusqu'où tes tempes seraient dégarnies et l'effet que cela produirait quand ton front dégagé paraîtrait encore plus grand qu'avant. Ce n'est pas disgracieux d'ailleurs, cela ajoute à ton air intellectuel. Je savais aussi que tes mains seraient plus osseuses, ce qui accentuerait leur aspect de griffes. Les Parques ont décrété que ma décrépitude s'accompagnerait d'un embonpoint prononcé et la tienne d'un décharnement plus marqué, la peau du cou, ridée, commençant à pendre, tel un rideau de dentelle. Je savais aussi que l'âge n'aurait pas atténué ton côté anguleux qui donne l'impression que tu es mal à l'aise et gêné aux entournures. Cette impression s'est renforcée, en fait. Tu ne sembles plus supporter personne. Plus tu vieilliras, plus ce trait de caractère s'aggravera. Tu ne connaîtras jamais le repos physique, ton corps ne te le permettra pas. L'inévitable te fait déjà signe. Le temps presse.

J'ai continué à me plaire en ta compagnie longtemps après notre retour à Londres. Je me réjouissais à l'avance de nos soirées ensemble, quand tu oubliais, dans la mesure du possible, ton métier de critique et que moi je cessais d'être... ce que j'essayais d'être alors. Ton mariage a sonné le glas de cette époque, hélas ! Tu t'es rangé, tu as commencé à fréquenter les clubs au lieu des tavernes et les dîners en ville plutôt que les baraques de fruits de mer. Tu as perdu ta dernière once d'intégrité à Mayfair et appris à dissimuler la passion qui t'avait toujours sauvé. Peu à peu, tu t'es mis à dire sur les gens plus de mal que de bien. Ne regrettais-tu pas ton ancienne vie, malgré tout ? Durant ces voyages nocturnes, nous explorions les bas-fonds de Londres, découvrions des sujets de peinture dans les créatures qui hantaient les venelles sordides ou dans les miséreux recroquevillés sous les porches. On cherchait des lieux de rendez-vous de plus en plus exotiques. Un salon de thé à Islington, une gargote de Billingsgate, une taverne de Wapping, un bal-musette du samedi soir à Shoreditch, où l'on regardait les employés, les éboueurs, les cuisinières et les vendeuses oublier leurs tracas à peu de frais.

Il y avait pour moi quelque chose de magique dans ces lieux, quelque chose qu'on ne trouve pas à l'Athenaeum [1]. Une audace, une énergie, ainsi qu'un

1. Club londonien fondé en 1824, à l'origine pour les artistes, savants et hommes de lettres distingués. *(N.d.T.)*

immense désespoir. Ce qui fait l'étoffe même de la peinture, à mon avis. Encore faut-il en persuader les éventuels acheteurs.

Je revois un certain pub de Chelsea, le seul endroit où l'on soit revenus. Mal éclairé, servant une atroce tambouille et si enfumé qu'on avait du mal à distinguer la personne assise en face de soi. Le brouillard au-dessus du fleuve dehors était moins épais que la fumée dans la salle. Les nombreux corps entassés dégageaient une chaleur étouffante ; l'odeur de la sueur, de la bière, des pipes et de la nourriture empestait l'atmosphère. Je me souviens cependant d'avoir vu l'endroit s'animer sous mes yeux. Je ne voyais pas le marron du tabac, mais des couleurs éclatantes : le rouge d'un foulard, l'orange des cheveux d'un Irlandais, le violet de la robe d'une prostituée... L'or de la précieuse chaîne de montre du tavernier, l'ambre, le brun et le blanc des bouteilles sur les étagères. Et tous ces corps, contorsionnés, agglutinés, comme dans une scène de bataille d'un tableau de la Renaissance. C'est dans ce genre d'endroit que se jouent les grandes tragédies et les grandes comédies du monde moderne. Pas sur un champ de bataille du Moyen Âge imaginé par un peintre. Ni dans les mers du Sud, ni même à Paris. Là.

Te rappelles-tu comment tout disparaissait dès que nous nous installions ? Moi, oui. Je me souviens de ces conversations conduites comme si nous nous trouvions seuls dans la salle, sans la moindre difficulté pour entendre et nous faire entendre, comme si personne ne butait contre nous. Nous devisions, buvions, riions, toi, penché au-dessus de la table, les yeux brûlant du feu qui te dévorait lorsqu'une idée s'était emparée de toi. Tu ne discutais pas pour le simple plaisir ou pour convaincre. À l'époque, la vérité comptait encore pour toi.

« Que désirent les hommes, à part la gloire ? » J'ai alors jeté un coup d'œil à l'entour, et tu as compris ce que je voulais dire. Ces gens désiraient-ils la gloire ?

« Bien sûr que c'est ce qu'ils désirent, modestement, as-tu répondu. Une gloire à la mesure de leur petit univers. Avoir la réputation d'être un bon compagnon d'ivresse, un gars généreux, se distinguer parmi tous les autres. Ils veulent que leur renommée s'étende aussi loin que leur regard, mais comme ils ne voient pas beaucoup plus loin que le bout de leur nez, là s'arrêtent leurs ambitions. Les artistes voyant plus loin, leurs ambitions sont plus vastes : ils veulent que le monde s'incline devant eux, pas seulement de leur vivant, mais après leur mort.

» Mais comment y parvenir ? Hein ? Crois-tu que le mérite seul suffit ? Penses-tu que Michel-Ange sans le pape Jules II, Turner sans Ruskin, Manet sans Baudelaire, seraient aussi célèbres ? Considères-tu qu'il suffise de peindre de bons tableaux ? Si tu crois ça, tu es un vrai jobard. »

J'ai alors suggéré, il me semble, qu'on ne pouvait guère comparer à Michel-Ange le pauvre Duncan, dont, à ce moment-là, tu faisais ardemment la promotion.

« Tu ne comprends donc rien ! t'es-tu récrié. Duncan concrétise mes idées. Je ne suis pas peintre, ne l'ai jamais été, ne le serai jamais. J'imagine les tableaux que j'aimerais peindre, sans pouvoir les exécuter, alors Duncan le fait à ma place. L'époque des mécènes est révolue depuis longtemps : ce ne sont pas les acheteurs qui comptent, ni même les peintres. Voici venu le temps du critique, du penseur qui réfléchit à la nature de l'art, qui est capable d'expliquer sa signification et ce qu'il devrait être. »

J'ai suggéré que le public pouvait peut-être juger par lui-même. Je plaisantais, il va sans dire.

Ricanement.

« Le public a un goût de chiottes. Il veut des nus léchés et de jolis paysages. Il n'y a jamais eu d'époque comme la nôtre, mon ami. Pour la première fois dans l'histoire, un groupe possède l'argent et l'autre le bon goût. Tu t'en aperçois tous les jours, avoue-le ! Comment gagnes-tu ta vie ? Tu peins une chose pour faire bouillir la marmite et une autre pour être sincère envers toi-même. »

Tu as balayé la pièce des deux bras. Elle avait perdu ses couleurs et était redevenue marron, couleur tabac.

« Regarde ces gens ! On ne peut rien en tirer. Heureusement, comme ils n'ont pas le sou, ils ne risquent pas de mettre en pratique leur goût atroce. Leur argent ne vaut d'ailleurs pas la peine qu'on s'y intéresse, ils en ont si peu. Rien à voir avec les dîneurs du Ritz, qui sont plus dangereux... Il faut les persuader d'acheter quelque chose qui leur déplaît et c'est à moi que revient cette tâche. Ne fais pas la grimace. Sans moi, tu passerais ta vie à peindre de grands portraits roses de grosses femmes roses et des fillettes se balançant sur des escarpolettes. »

Voilà la personnalité que j'essaie de capter en ce moment, si tu tiens à le savoir, juste avant que la lumière change et que je sois obligé de m'arrêter. J'espère la rendre par un jeu d'ombre et de lumière, par des nuances de vert et de bleu. Ton ambition est une touche sombre, une ombre sur ton visage, et je crains d'avoir du mal à bien la transcrire. Pour l'instant, je vais me contenter d'y faire allusion et je développerai le sujet plus tard. Parce tu n'étais pas

éléments. Ils portent toute leur vie un manteau mental et, l'air renfrogné, lèvent les yeux vers le ciel en se demandant s'il va de nouveau pleuvoir... Et, en effet, le temps est à la pluie. Il n'est vraiment pas réjouissant de vivre avec la certitude que s'il ne pleut pas aujourd'hui il pleuvra demain. Quant à nous, les Écossais, comment pouvons-nous avoir le sens des couleurs quand durant la moitié de l'année il ne fait jour que pendant six heures ? On peut avoir envie de couleurs, bien sûr, regarder un Claude Lorrain en se demandant si de tels bleus existent vraiment dans la nature, rêver de se trouver en un lieu où le soleil couchant éclaire les peupliers avec une telle intensité et en créant de tels contrastes. Mais ce n'est pas la même chose que d'avoir le sens des couleurs, de les comprendre, de se fondre dans cette luminosité éclatante et de cesser d'en avoir peur. Ces couleurs nous resteront toujours étrangères.

Ici, c'est différent, bien que je ne sache pas pourquoi. Après tout, nous sommes seulement au large de la Bretagne, pas sous les tropiques ou en Afrique du Nord. Mais ici les dieux du temps sont plus directs, par opposition à ce qui se passe en Angleterre, où ils s'insinuent avec une telle discrétion qu'on se retrouve en été sans s'en apercevoir ou bien ils se glissent si lentement dans les brumes de l'hiver qu'on remarque à peine le changement. Ici, ils claironnent l'arrivée des saisons, avec force tempêtes, vagues de chaleur, ciels bleus sans le moindre nuage ou orages dont la violence peut te faire tomber à genoux. Ils font rugir les vents ou, au contraire, rendent l'air si calme et serein qu'on entend une femme parler à un kilomètre.

Puis-je te raconter mon plus lointain souvenir ? Après tout, tu es mon confesseur, en un sens. Je sais que tu refuses ce rôle, mais tu n'as pas le choix. Ton étrange désir de me faire peindre ton portrait a fait de toi mon prisonnier. Et, comme je te l'ai déjà dit, je pratique depuis peu la confession et trouve l'exercice agréable. Sais-tu qu'il y a un an mon médecin – j'étais allé à Quiberon lui demander une nouvelle potion soporifique, il n'y en a pas beaucoup qui soient aussi efficaces que le laudanum, qui me donne de tels maux de tête que je préfère ne pas y avoir recours – m'a parlé de ce Viennois qui a remis la confession au goût du jour et en a fait un traitement médical. Médecin d'une petite ville de province, se sentant un peu coupé de la civilisation, le pauvre homme est abonné à toutes les nouvelles revues et fait partie d'un tas d'associations. Quoi qu'il en soit, ce Juif autrichien a eu une idée qui a plutôt séduit mon ami médecin. Souffre-t-on d'une maladie ? Il suffit d'en parler des mois durant et, hop ! du jour au lendemain, on est guéri. Il n'y a plus qu'à régler la note. Tu as l'air sceptique ; moi j'y crois. Évidemment que ça marche ! La seule chose qui m'étonne, c'est que les gens acceptent de payer pour ça. D'ailleurs, me confesser à toi me fait me sentir déjà mieux, et ne crois pas qu'il s'agisse de propos oiseux. Je poursuis un but très précis : je confesse mes péchés à l'avance, avant de les avoir commis. Je t'explique mon tableau afin que tu le comprennes. Que tu voies pourquoi j'ai choisi ce style en particulier, plutôt qu'un autre.

Donc, mon premier souvenir... Je suis battu par ma mère. Je dois avoir environ quatre ans, peut-être moins. C'est l'hiver, il fait froid et nuit. J'ai envie d'aller aux toilettes, mais ma mère a oublié de mettre le pot de chambre et j'appréhende le long trajet jusqu'au cabinet d'aisances au bout de notre petit jardin : le vent va traverser ma mince robe de chambre et je vais claquer des dents. Je reste donc près de la porte, hésitant. Trop longtemps, car je fais pipi dans mon pyjama. Ça coule le long de ma jambe, sur mon pied et sur tout le sol qu'elle vient de laver à grande eau. Je sais que je vais avoir des ennuis et je me mets à pleurer. Effectivement, ma mère descend et m'administre une correction. Puis elle me fait m'agenouiller et prier Dieu pour qu'Il me pardonne.

Je sais pourquoi, bien sûr. Il n'y avait jamais assez d'argent pour acheter de quoi manger et se vêtir, et elle était épuisée, presque toujours au bout du rouleau. Elle travaillait, faisait la cuisine et le ménage, reprisait, se débrouillait avec les très maigres moyens du bord. Sauvait les apparences... Te rends-tu compte à quel point ce précepte est primordial, intangible, dans une petite bourgade d'Écosse ? Voilà la principale raison de son comportement. Les autres tiennent à la mentalité écossaise : le besoin de châtier et la haine de la faute. Il faut punir toutes les infractions au code, tous les manquements, même s'ils sont involontaires. L'idée de châtiment est ancrée dans mon âme, ne l'oublie pas ! J'ai fait beaucoup de progrès en de nombreux domaines, mais il y a longtemps que j'ai accepté le fait qu'il n'existe pas pour moi d'échappatoire. Infliger ou recevoir le châtiment fait partie intégrante de ma personnalité. La vie, comme un bon tableau, a besoin d'équilibre, d'une structure harmonieuse, pour combattre le désordre, le gâchis, l'échec.

C'est à ce moment-là, à l'âge de quatre ans, que j'ai décidé de partir, ce qui, avoue-le, montrait de la précocité. J'ai juré que, tôt ou tard, je m'échapperais pour ne jamais revenir. Pas dans cette maison-là, dans cet univers médiocre, mesquin. Je refusais cette existence rythmée par la lessive du lundi, cette vie réglée par le qu'en-dira-t-on, cette éducation à base d'huile de ricin et de prières... Voilà ce qui a été le moteur de ma vie. C'est ce qu'affirme le prêtre, tout en essayant de m'inculquer l'amour de Marie. Il a peut-être raison, même si je ne pense pas que les choses soient très différentes sur cette île. En outre, je préférerais toujours le Dieu de vengeance, de colère et de châtiment. Mais j'ai réussi : je me suis échappé.

T'es-tu jamais demandé comment un pauvre gamin comme moi, qui ne gagnait que cinq shillings par semaine à Glasgow, puis à Londres la somme royale de sept shillings, avait réussi à se rendre à Paris et à y vivre sans travailler ? Sans doute pas. D'où vient l'argent, cela ne t'a jamais préoccupé puisque tu en as toujours eu. C'est aussi normal pour toi que l'eau qui coule du robinet. Moi, j'ai dû vendre mon âme pour l'obtenir.

Je ne plaisante pas. Je ne peux même pas prétendre que ça s'est fait sur un coup de tête ou que c'est une décision dont je me suis sincèrement repenti. J'ai volé l'argent de ma mère. Ses économies de toute une vie, tout ce dont elle disposait pour ses vieux jours après la mort de mon père. Tu remarques que je ne dis pas « emprunté », ni même « pris ». Je n'essaie pas de me dissimuler la vérité. Je l'ai volé. C'était ma seule chance, mon seul espoir de survie. C'était elle ou moi. Quand j'ai décidé que je devais aller à Paris, j'ai entrepris le long voyage jusqu'à la maison, je suis allé dans sa chambre où elle cachait le petit paquet sous son lit et j'ai tout raflé. Elle savait, bien sûr, que j'étais le coupable, mais elle n'a pas pipé mot. C'était son châtiment pour m'avoir mis au monde. Elle le savait et moi aussi. Je lui ai infligé son châtiment. Je pense que je me suis dit que je rembourserais toute la somme, plus les intérêts, lorsque ma carrière serait lancée. Mais je n'ai jamais rien restitué. Elle est morte avant que je puisse lui rendre le moindre penny, d'ailleurs je ne suis pas certain que je l'aurais fait. Je n'en avais pas vraiment l'intention. Il fallait qu'elle sache que son fils était un vaurien cupide et cruel, sans que son orgueil et sa dignité lui permettent d'en parler à quiconque. Cela m'interdisait aussi de remettre les pieds en Écosse. Le sentiment de culpabilité constituait une forteresse inexpugnable qui m'empêchait de revenir au pays natal. J'y suis retourné seulement après sa mort. Mais je n'ai pas assisté à son enterrement. Elle a été enterrée sans personne et je ne sais même pas où. C'était une femme dure, méchante, qui aimait punir et qui utilisait ses souffrances comme une arme pour châtier son enfant et son mari. Elle ne méritait pas la pitié et je ne lui en ai accordé aucune.

Bon. Au travail maintenant ! J'ai fini les croquis ; j'en ai assez de dessiner tes beaux traits sous divers angles. J'ai imaginé toutes sortes de poses, avant de choisir finalement celle que j'avais en tête depuis le tout début. La pose particulière que tu adoptes quand tu es assis dans un fauteuil, une épaule légèrement en avant, tandis que ta tête esquisse un mouvement vers elle. Tu donnes l'impression d'être toujours sur le point de bouger, d'être plein d'énergie. À tort, à mon avis, car tu es l'une des personnes les plus lymphatiques que j'aie jamais connues. Ton dynamisme n'est pas du tout physique ; voilà un parfait exemple de phénomène psychosomatique, qui crée une illusion et fait oublier tes pilules pour le cœur, tes bras grêles, ta tendance à souffler et à ahaner quand tu montes un escalier. Belle illustration du pouvoir de la volonté sur la réalité, car je pourrais te flanquer une correction magistrale, te soulever et te transporter à ton corps défendant, jusqu'au milieu de l'île.

Ce serait à la portée de presque tout le monde, mais je suppose que personne n'a songé à le faire depuis que tu as quitté l'école, où je suppose que tu étais le souffre-douleur de tes camarades, car les gosses n'apprécient guère qu'on les domine par l'intelligence. Autre problème à résoudre, bien sûr, le tableau devant représenter l'intelligence par l'intermédiaire du physique : comment faire sentir à la fois la force de ton esprit et la faiblesse de ton corps ?

Je ne te demande pas ton avis, je ne fais que poser la question. Ce serait une erreur fatale de demander à un modèle comment il souhaite qu'on le peigne. Les gens sont incapables de dire qui ils sont vraiment, car ils l'ignorent. À ton avis, quel devrait être le bon équilibre entre le peintre et son sujet ? En fait, je connais déjà ta réponse. Le sujet n'est que le moyen utilisé par le peintre pour s'exprimer, et le peintre n'est que le moyen grâce auquel prennent forme les idées du critique. C'est le sentier de la perdition, tu sais : tôt ou tard, l'artiste finit par se couper de tout. Et alors une seule chose l'intéresse : ce que dit de lui le *Morning Chronicle*.

Bon, ça suffit. Tu sembles las, et ton apparence manque un peu de dignité. Cela m'insupporte. Je ne peux m'empêcher de penser à ton derrière osseux qui dérape sur le siège, et cette vision commence à me gêner dans mon travail. Par conséquent, je ferais mieux de poursuivre ma confession en te racontant comment je t'ai berné. À l'expression de ton visage quand tu es arrivé chez moi j'ai compris que tu voulais le savoir. À dire vrai, hier soir, j'ai ressenti un grand plaisir, une jouissance un tantinet perverse à t'imaginer en train de te tourner et de te retourner dans ton lit inconfortable et infesté de puces, tout en te demandant laquelle parmi les dizaines de milliers de peintures que tu as vues au cours de ta vie te ridiculise aujourd'hui. Pas un chef-d'œuvre, à l'évidence, mais un petit tableau. C'est ce qui fait le plus mal, pas vrai ? L'idée que quelqu'un, quelque part, se moque de toi. Et combien de personnes ont été mises au courant ? Est-ce de notoriété publique ? Au cours d'une soirée, il y a fort longtemps, n'as-tu pas entendu un petit ricanement ? Se moquait-on alors de toi ?

Détends-toi. Je ne suis pas aussi méchant, tu devrais le savoir. J'aime assez faire des farces. Je peux être cruel, mais, sauf cas exceptionnel, je suis rarement mesquin. Mes lèvres sont restées scellées ; il s'agissait d'un plaisir secret, ce qui le rendait d'autant plus délicieux. En outre, l'affaire était très banale, au vu des conséquences qu'elle avait entraînées.

Veux-tu un indice ? Non, n'essaie pas de deviner, car cela ne ferait qu'empirer les choses si, pris de panique, tu t'imaginais que d'authentiques chefs-d'œuvre sont de ma main. Il s'agit d'un Gauguin. Le tableau qui occupait un tout petit espace dans ton fumoir avant que tu ne le vendes à cette Américaine. J'ai failli te révéler alors la supercherie parce que tu en as tiré une belle somme et que je considérais que j'aurais dû en recevoir ma part. Après tout, ce n'est pas comme si je l'avais vendu comme un Gauguin. J'ai ma conscience pour moi. Se trouve-t-il dans un musée aujourd'hui ? Grand Dieu, que ce serait flatteur ! Il faudra que j'envoie un mot au conservateur avant ma mort, ou mieux, je vais laisser une note dans mes papiers afin que, si on écrit un jour ma biographie, le renseignement soit alors rendu public.

Je l'ai peint sans arrière pensée, je t'assure, et je n'avais aucune intention de le vendre. Te rappelles-tu quand on a entendu parler pour la première fois de ce peintre ? Comment d'aucuns ont haussé les épaules et nié son talent, alors que toi, tu as fini par te convaincre qu'il était le plus grand depuis... depuis le dernier plus grand peintre ? Intrigué, je me suis rendu chez un marchand qui exposait quelques-unes de ses œuvres. Je les ai étudiées de près, tu sais : j'en ai fait des croquis, les ai examinées avec grand soin, ai essayé de les comprendre. En pure perte. J'étais tout à fait perplexe. J'ai donc décidé d'en reproduire un, afin d'y voir plus clair.

Je n'étais pas plus avancé. L'intérêt de Gauguin, s'il en a un, ne réside pas dans son talent. Ce n'est pas un peintre talentueux, du point de vue technique, et les êtres frustes, personnellement, je les trouvais dans l'East End. Je ne voyais pas la nécessité de courir à l'autre bout de la terre pour les rencontrer. De plus, leur naturel me semblait passablement frelaté, et je plaignais beaucoup ces pauvres femmes indigènes grossièrement peintes sur ses toiles. Elles n'étaient pour lui que des marionnettes, rien d'autre. Elles ne possèdent aucune identité, aucune individualité. Il ne les regardait même pas. Il a traversé le monde et, malgré tout, il n'a toujours vu que lui-même. Les colonialistes apportent au moins le tout-à-l'égout et le chemin de fer à ceux qu'ils exploitent. Lui a pris sans rien donner en retour. Quoi qu'il en soit, j'ai peint un Gauguin, et un assez bon Gauguin, apparemment, puisque je vous ai tous abusés.

J'avais l'intention de peindre ensuite autre chose par-dessus, mais Anderson est venu me rendre visite. Cela s'est passé peu après qu'il avait cessé de peindre pour devenir marchand d'art. « Se glisser entre le peintre et son public, jeune homme. » Voilà quel devint son métier ; il a, en effet, glissé son petit corps svelte dans cette position précise. En prendre le plus possible en en donnant le moins possible : telle est la recette pour réussir brillamment comme marchand de tableaux. Je me rappelle que tu t'es beaucoup gaussé de sa décision et que tu as sévèrement critiqué son mariage avec Mammon, bien que je n'aie jamais compris en quoi il était très différent de toi.

Tu l'as blessé, tu sais, et très profondément. Derrière cette façade de je-m'en-fichiste bat un cœur sensible. Il voulait vraiment être peintre, plus ardemment que tu ne pourras jamais le comprendre. Il avait choisi cette voie dès l'âge de huit ans, m'a-t-il un jour confié. Peux-tu imaginer l'angoisse de ce malheureux homme ? Posséder tout le bagage requis, sauf le vrai talent ? Son œil était d'une acuité exceptionnelle, son goût exquis, remarquable son sens de la couleur et quasiment parfaite son intuition de la composition et des proportions. Techniquement, il était extrêmement doué. Mais il avait beau s'échiner à la tâche, il ne parvenait pas, malgré tous ses efforts, à faire œuvrer de concert toutes ces qualités, à utiliser ses divers dons pour produire un tout harmonieux. Alors, plutôt que d'être un mauvais peintre et de toujours se décevoir lui-même, il a préféré devenir marchand de tableaux.

Tu sais, c'est toi qui l'as obligé à abandonner la partie, l'hiver où il a loué un atelier près de Tottenham Court Road et s'est terré comme un ermite. Il peignait le jour et la nuit, il dessinait et exécutait des croquis. C'était devenu une véritable obsession. Je m'en rendais compte chaque fois que je tombais sur lui dans la rue : morosité due au manque de sommeil, allure légèrement voûtée de celui qui tente de défier le monde, tout en sachant qu'il joue son va-tout et que le pari est hasardeux... Homme qui s'efforce de nier ce qu'il sait déjà en son for intérieur.

Peindre étant pour lui une question de survie, il travaillait comme un fou, tentant de franchir la barrière… Quelle barrière, d'ailleurs ? Pas celle de la technique ou de l'habileté, il possédait déjà ces deux atouts. Il voulait acquérir le talent et croyait y être presque parvenu. Il s'est persuadé que son ardeur au travail était de l'inspiration, qu'il avait finalement forcé le dernier barrage.

Il avait enfin atteint le but qu'il s'était fixé. Parmi une dizaine de tableaux, il en avait choisi un pour le présenter à l'exposition « Nouvelle Angleterre ». Mais il vivait dans sa tête, tout en sachant que tôt ou tard il lui faudrait montrer ces œuvres. Il nous a donc invités à un petit dîner. Juste toi et moi, les deux personnes au jugement desquelles il se fiait. Tu dois bien t'en souvenir. Je sais que tu t'en souviens. Tu mentirais si tu le niais. Je me rappelle chaque seconde. Ç'a été l'une des plus déprimantes soirées de ma vie.

Sa tension, sa nervosité étaient terribles à voir. Je pouvais comprendre pourquoi il redoutait ton verdict : tu avais déjà la réputation d'être l'un des grands arbitres de l'art moderne. S'il avait peur de moi c'était seulement par association. Je ne me suis jamais montré sévère envers mes confrères. Il s'est efforcé de bien nous recevoir, il était agité, laissait tomber des objets, renversait du vin sur la table. Le pauvre homme faisait peine à voir. J'étais affreusement mal à l'aise. Je croyais qu'il prolongeait les amabilités mondaines par maladresse, mais je me trompais. En fait, il faisait durer ces lamentables préliminaires le plus longtemps possible. Je crois qu'il savait déjà au tréfonds de son être que c'étaient les derniers instants où il pourrait se considérer comme un peintre.

Le moment fatidique est enfin arrivé.

« Oh oui ! j'ai bien travaillé. Énormément, en fait… content de moi… pense que le résultat est tout à fait à la hauteur… »

Les phrases hachées, débitées d'un ton traînant, faussement serein, révélaient, en réalité, son anxiété.

« Vous voulez y jeter un coup d'œil ? Eh bien ! soit, si vous y tenez… »

Et le défilé a commencé. Un par un, les tableaux ont été sortis et placés à tour de rôle sur le chevalet. Ils ont été salués, l'un après l'autre, par un grognement ou un reniflement de ta part, et de la mienne par un silence de plus en plus attristé. Nul doute que tu t'en souviennes. Ils n'étaient pas aussi mauvais que ça. Non, vraiment. Ils étaient habilement peints, charmants même. Mais artificiels et sans vie : personnages figés, paysages morts, intérieurs banals, sans structure ni forme. Comment ne s'en rendait-il pas compte ? Comment ne pouvait-il pas faire mieux ?

Et une fois sa présentation terminée, tu as pris la parole… Chaque tableau a été disséqué. Peut-être as-tu commencé tes commentaires dans un esprit de critique constructive, je n'en sais rien. Mais au fur et à mesure que tu passais les toiles en revue, tu t'es laissé gagner par la frénésie du prédateur, faisant preuve d'une atroce cruauté. Tu as remarqué et souligné le moindre défaut, la moindre faiblesse, démonté chaque peinture, couleur par couleur, ligne par ligne, forme par forme. Rien ne t'a échappé. Démonstration étourdissante, brillante entreprise de destruction, à la fois improvisée et raisonnée. Et pendant tout ce temps, le pauvre Anderson a dû rester coi, écouter poliment, respectueusement, en s'efforçant de ne pas laisser paraître à quel point tu le torturais en pulvérisant ses rêves. Il avait sans doute espéré que tu applaudirais et déclarerais chaque toile un chef-d'œuvre. Que tu ferais preuve au moins d'hypocrisie, que tu décernerais des compliments polis, accompagnés d'une promesse d'attirer l'attention des membres de quelque jury d'admission, afin qu'ils lui donnent sa chance en trouvant un endroit dans l'exposition où accrocher l'un de ses tableaux.

Mais l'hypocrisie n'était pas ton fort, pas à l'époque, en tout cas. C'eût été trahir quelque chose de beaucoup plus important que l'amitié. Anderson était nul comme peintre, voilà tout. À lui de reconnaître cette évidence. Toi, tu étais censé le lui faire admettre. Ta cruauté et ton sadisme s'exerçaient au nom de l'art, et pour assurer sa protection. Ainsi, en lui ôtant ses rêves tu l'as entièrement vidé et obligé à se regarder en face. Le critique comme miroir, fidèle, impitoyable, mais d'une honnêteté si amère.

J'aurais été incapable d'agir de la sorte. J'aurais emprunté la voie de la courtoisie, et du réconfort. Sans doute aurait-elle mené, tôt ou tard, au même résultat. Je ne pouvais qu'être d'accord avec toi, au demeurant. Tu avais raison comme toujours. Tu n'avais exagéré aucun défaut. Tu avais fait preuve de jugement dans ton éreintement, de sérénité dans ta méchanceté.

J'ai cependant aperçu une lueur particulière dans ton œil, semblable à celle que j'avais déjà remarquée auparavant. Un plaisir secret, une sorte de jouissance. L'artiste est soumis à un certain pouvoir et, jouant les gros bras, tu revendiquais ce pouvoir. Tu décidais qui devait être admis ou recalé. Et tu as recalé Anderson.

Je sais. Tu ne t'étais pas rendu compte à quel point tu l'avais blessé, mais je ne comprends pas pourquoi aujourd'hui cela a tant l'air de t'ennuyer. Ça n'aurait fait aucune différence. En outre, tu ne l'as jamais interrogé à ce sujet, et Anderson savait fort bien dissimuler son dépit. Après tout, à quoi servent les écoles ? Et il était passé par un excellent collège, où il avait appris à faire bonne figure. Peu enclin à soulever le masque, tu en as déduit qu'il était plus intéressé par l'argent que par la peinture. Fadaises ! Le malheureux rêvait de manger de la vache enragée dans une mansarde, souhaitait ardemment être boudé par le public et rejeté par les galeries. S'il avait été content de lui, cette existence l'aurait absolument enchanté. Mais ce n'était pas le cas, et tu lui as expliqué pourquoi.

Tu sais, si j'étais plus mesquin, cette histoire pourrait clairement se refléter dans le portrait. Le critique n'est-il pas censé voir au-delà des apparences ? Peux-tu juger une œuvre d'art sans rien connaître de son auteur ? Si tu ne comprends pas ton prochain, peux-tu comprendre ce qu'il produit ? Ta faiblesse consiste-t-elle à ne jamais percevoir l'humanité qui, pourtant, sous-tend l'œuvre ? Ou dois-je au contraire penser que tu la voyais et que tes commentaires étaient destinés à retourner sciemment le couteau dans la plaie, pour joindre le ridicule à l'accablant sentiment d'échec du malheureux ?

Quoi qu'il en soit, ce soir-là, tu t'es fait un ennemi qui attendrait son heure en silence. Voilà pourquoi il a eu cette idée en voyant mon Gauguin, lorsqu'il m'a rendu visite. On va lui jouer un petit tour, nous sommes-nous dit, mais nous savions tous les deux que c'était plus que ça : on allait te démasquer. Tu venais de publier ton article sur les peuples primitifs des mers du Sud, article dans lequel tu vantais haut et fort la clarté de vision dont on ne pouvait jouir en Angleterre, et autres imbécillités, magistrales, documentées, décisives. Tu as toujours eu un côté bonimenteur et il est apparu au grand jour à cette occasion. Aussi, lorsque tu es retourné dans sa galerie,

Anderson a prié son assistant de te souffler d'aller examiner dans son bureau le tableau appuyé contre le mur.

« Il ne plaît pas au patron, a affirmé l'assistant, suivant ses instructions, et vous, qu'en pensez-vous ? »

Quel immense plaisir – ne t'agite pas sur ton siège, tu vas gâcher la pose ! – de payer avec ton argent notre repas de fête. Nous sommes allés au Café royal, qui était à l'époque très au-dessus de mes moyens. Dans mon souvenir, les mets étaient délicieux, bien plus qu'ils ne l'étaient en réalité. Soupe de poisson, gigot d'agneau, suivi d'une crème brûlée d'une telle perfection que c'était en soi une œuvre d'art comparable à celles des anciens maîtres. C'étaient les circonstances qui les rendaient si savoureux. Et sais-tu ce qui s'est passé pendant qu'on levait notre verre pour saluer ta générosité ? Evelyn est entrée en compagnie de Sickert. J'ai eu un accès de jalousie en les voyant ensemble. Ç'a été la seule tache sombre dans une soirée aux joyeuses couleurs. Sickert se trouvait au sommet de sa puissance et ceux qu'il voulait séduire tombaient sous son charme, jusqu'à ce qu'il décide de laisser se déchaîner la cruauté tapie en lui. J'imaginais qu'Evelyn allait être attirée dans son cercle, qu'elle allait devenir l'une de ses admiratrices, qu'il la dépouillerait de son originalité en la convainquant de produire de médiocres imitations de ses propres œuvres. Il était plus autoritaire et persuasif que tu ne pourrais jamais espérer l'être toi-même. Tu te sers de ton intelligence comme d'une matraque, lui utilise la terreur, en plus de son magnétisme et de son charme qui ont toujours si bien fonctionné avec les femmes. As-tu remarqué que peu d'hommes le trouvent sympathique ? Et que rares sont les femmes qui sont attirées par toi ? Il s'agit d'une simple constatation et non pas d'une insulte, soit dit en passant. Toi et lui vous partagiez le monde des arts : chacun son sexe. Dommage. Il aurait été intéressant d'assister à une lutte d'influence entre vous.

Avec Evelyn, cependant, il a raté son coup, presque aussi complètement que toi. Elle le trouvait grotesque et n'avait aucun mal à résister à ses cajoleries. Lui la jugeait froide, dénuée de sensibilité et de chaleur humaine. Trop renfermée, elle ne réussirait jamais tant qu'elle ne se laisserait pas aller ; autrement dit, je suppose, tant qu'elle ne se soumettrait pas à lui. Peut-être avait-il raison, en un sens, d'ailleurs. Nul doute que sa réserve ait été sa meilleure défense et cela n'avait pas dû être facile de s'endurcir ainsi. Elle voulait une relation artistique et a rompu sans hésitation quand il est apparu clairement que lui avait en tête quelque chose de moins délicat. Il aurait dû m'en parler d'abord : j'aurais pu lui éviter ainsi de dépenser son argent en coûteux dîners.

Toujours est-il qu'ils ont fait leur entrée et se sont joints à nous pour le dessert. Sais-tu que c'est le meilleur dessert que j'aie jamais mangé ? Chaque bouchée était rendue plus savoureuse par la possibilité qu'une fois avalée Anderson ou moi déclarions : « Devinez qui régale… » Alors l'histoire serait libérée de sa cage, nous la verrions s'envoler et planer au-dessus de Londres, déclenchant des rugissements de rire chaque fois que son ombre tomberait sur le sol. On s'est abstenus, néanmoins, et la jouissance n'en a été que plus intense. Nous avons échangé plusieurs fois des signes de connivence, avons failli nous étrangler à plusieurs reprises, mais avons jalousement gardé notre secret. Tu étais notre proie, seulement à tous les deux. Nous n'avions pas besoin que notre triomphe devienne public.

Ah oui ! peut-être éprouvions-nous aussi une certaine peur. Je me rappelle trop bien à quel point tu détestes qu'on parle de toi. Je me souviens de ta vengeance contre le pauvre Rothenstein quand te sont revenues aux oreilles quelques remarques bénignes qu'il avait formulées sur ton compte. Tu l'as isolé, humilié, ne lui as fait aucun quartier. Plus d'une décennie plus tard, tu as été jusqu'à l'exclure de ton exposition. Tu m'as interdit, comme à tous tes proches, de le voir, de lui parler, d'avoir le moindre rapport avec lui. Avant que tu n'arrives pour le réorganiser, nous, les anglophones de Paris, formions un petit groupe de bons camarades insouciants, unis par une confiance mutuelle. Sans être intimes, nous nous retrouvions spontanément, apprenions les uns des autres, nous aidions.

Le groupe s'est divisé : les amis de Rothenstein, d'un côté, les tiens, de l'autre ; ceux qui trouvaient Evelyn plutôt sympathique et ceux qui adoraient se moquer d'elle ; ceux qui aimaient tel peintre, ceux qui préféraient tel autre, ceux qui adhéraient à une école plutôt qu'à une autre. Tu t'es arrangé afin que de légères préférences deviennent des questions de principe assez sérieuses pour susciter animosité et rancœur. Rodin était-il meilleur sculpteur que le Bernin ? David meilleur peintre qu'Ingres ? Pissarro ou Monet ? Peu importait, en fait. Je t'ai entendu défendre les deux thèses. Diviser pour régner : règle élémentaire du despote.

Même moi, je faisais savoir que je te trouvais ridicule, mais j'adorais nos promenades, nos conversations sur les quais de la Seine ou dans les parcs publics. Je n'osais pas aller trop loin, craignant de perdre ce privilège. Je mettais donc une sourdine à mes récriminations.

« Tu me soutiens ou non ? demandais-tu simplement. Dans quel camp te ranges-tu ?

— Est-ce une question de camp ?

— Oui. On n'a qu'une poignée d'amis, les autres sont des ennemis. Ainsi va le monde. Si tu ne les anéantis pas, les autres t'anéantiront. Tôt ou tard, tu t'en rendras compte. »

Puis tu te lançais dans une tirade sur tous ceux – la plus grande partie de l'humanité – en qui tu n'avais pas confiance. Je découvrais cet aspect de ton caractère. Jusqu'alors, je n'avais vu que ta bonté, ta générosité, ta chaleur. Or toutes ces qualités étaient réservées à tes fidèles, tandis que le châtiment que tu infligeais aux autres révélait un côté de ta personnalité tout à fait différent. D'où cela venait-il ? Où avais-tu appris que le monde est un champ de bataille où il n'y a que des gagnants et des perdants ? Où avais-tu appris que tu devais anéantir tes adversaires avant qu'ils ne t'anéantissent ?

Ainsi donc, mes infidélités naissantes sont demeurées cachées. Après tout, tu étais mon ami et je crois que l'on doit pardonner leurs défauts aux amis. Néanmoins, cela m'a donné à réfléchir. En général, je ne suis pas méchant, tu en conviendras, j'espère. Toutefois, derrière la brillante supercherie du Gauguin, il y avait quelque chose de tout à fait déplaisant. Je n'aurais pas éprouvé une telle jouissance si le tableau avait été fourgué à quelqu'un d'autre, quelles qu'aient été sa réputation et la sûreté de son jugement. C'est parce qu'il s'agissait de toi que j'ai savouré à ce point ma victoire. J'ai mis un bon bout de temps à comprendre pourquoi le fait de jouer ce tour à un ami, à mon meilleur ami, m'avait procuré une telle joie.

Le portrait avance de manière très satisfaisante, et je peux me passer de toi pendant le reste de la journée. Je ne suis pas Whistler : je ne ne prends aucun plaisir à torturer mes modèles, à mettre leur patience à l'épreuve, je ne voudrais pas te pousser prématurément vers la tombe. Quand j'aurai à nouveau besoin de toi je t'enverrai chercher. Je vais travailler pendant deux jours sur les couleurs et la luminosité, ce que je peux aussi bien faire sans toi. Mieux, en réalité, parce que tu ne m'empêcheras pas de me concentrer. En ton absence, je pourrai pénétrer dans ton âme grâce à la toile et à la peinture. Je dois peindre ce que tu étais jadis, ainsi que ce que tu vas devenir. T'avoir ici en chair et en os risquerait de m'entraver.

JE PENSAIS TROUVER UN MOYEN DE CONTOURNER LA RÈGLE que j'ai moi-même établie. Je n'ai pas l'intention de te laisser voir le tableau que je suis en train de peindre, parce que je sais ce qui te retient ici. Mon plus grand espoir est de te garder jusqu'au bout, de te faire boire la coupe jusqu'à la lie. Un homme qui déteste être dans l'ignorance ne partira jamais avant d'avoir vu quelque chose d'aussi personnel que son portrait. Je suis surpris que tu aies réussi à te maîtriser jusque-là. Je n'aurais pas été étonné que tu traverses la pièce en trombe pour t'emparer de la toile. Je ne te le conseille pas. Je pourrais facilement t'en empêcher et cela ne ferait que me rendre plus cachottier. Tu ne fournis pas aux sujets de tes critiques un aperçu préalable de ce que tu écris sur eux, n'est-ce pas ? Tu ne peux donc espérer jeter un coup d'œil sur quelque chose qui n'est même pas à moitié fini. Je pense néanmoins pouvoir te montrer sans dommage le portrait que j'ai commencé il y a presque quatre ans. Il t'appartient, après tout : tu l'as payé même s'il ne t'a jamais été livré. Je me suis souvent demandé si tu avais été agacé que j'aie pris l'argent sans rien te retourner. Tu ne peux cependant pas trop te plaindre puisque tu m'as offert bien moins que ce que je reçois d'habitude, et je t'avais prévenu à l'époque que tu risquais d'attendre un peu. Comme tu le sais, beaucoup de mes clients ont patienté plus longtemps.

Le voici... Qu'en penses-tu ? Non, ne réponds pas. Peu m'importe ce que tu en penses, il est inachevé. Même s'il ne manque pas un coup de pinceau, comme portrait, il laisse plutôt à désirer. J'ai failli le brûler, mais ce genre de geste, à la fois spectaculaire et futile, m'a toujours répugné.

Un brin d'autocritique, par conséquent. C'est le portrait d'un ami. Défaut fatal, auquel j'ai remédié, non pas en remettant mon ouvrage sur le métier, ni en le brûlant, mais en faisant du nouveau portrait une suite du précédent. Sais-tu que je me rappelle très bien l'époque où je peignais le premier ? Le regarder aujourd'hui m'emplit d'une étrange mélancolie. Quand était-ce déjà ? Le 10 juillet 1910, un samedi, l'un des jours les plus merveilleux de la création divine. Tu as suggéré que je le peigne dans le Hampshire, où tu passais l'été, et j'avais plus envie que je ne le croyais de quitter Londres. Aussi ai-je pris le train à Waterloo à huit heures du matin, entouré de mes bagages et de mes chevalets. Dieu se trouvait dans Son paradis ce jour-là. Mon exposition à la galerie Carfax connaissait un vif succès, en partie grâce à ton article ; l'argent et les commandes commençaient à affluer, la maison à Holland Park passait lentement de l'état de rêve à quelque chose qui avait des chances de devenir bientôt une réalité. J'avais fait du chemin depuis Glasgow et approchais de ce que je considérais comme mon but final.

Nous avions réussi, toi et moi. Toi, le premier, bien sûr, grâce à ton riche mariage, tes livres et tes articles, ton rôle de conseiller auprès de banquiers américains, ton siège au conseil d'administration de plusieurs musées, etc. Mais moi aussi, car, malgré mes manières écossaises bourrues, je parvenais à persuader les modèles qu'ils avaient affaire à un authentique artiste.

Par conséquent, quoi de plus agréable que de passer une semaine avec mon vieil ami à s'autocongratuler de concert ? La vie ne pouvait être plus délectable qu'elle l'était ce jour-là. Tout était absolument parfait, de la tasse de thé que j'avais bue au lit au verre de vin glacé qui m'attendait dans ta maison d'où on avait une vue sur les collines et jusqu'à la mer. Même le train était presque vide ; j'avais le compartiment pour moi tout seul et, perdu dans mes rêves, je fumais ma pipe avec plaisir.

Mais le ver était déjà dans le fruit. Est-ce que cela durerait ? Et sinon, qu'allait-il advenir ? Je ne pensais pas à cette éventualité, bien sûr, mais le ver prospérait en moi, guettant sa chance. Les divers éléments qui allaient me mener ici se mettaient déjà en place. Qu'étais-je au fond ? Un peintre sur le point de triompher, poursuivant simultanément deux carrières, passant sans cesse de l'une à l'autre. Celle de portraitiste et l'autre. D'une part, l'imposant personnage armé de ces fameux longs pinceaux, photographié pour les revues à la mode, et, d'autre part, l'homme qui adorait peindre de vieux débardeurs, de pauvres réfugiés, des vendeuses fatiguées, de jeunes gars qui se soûlent dans les pubs avant de s'effondrer dans la boue. Qui songeait constamment aux désespérés, aux malades et aux morts. Ces tableaux devenaient mon obsession, même si je ne les montrais jamais. Certes, c'étaient des œuvres sombres, invendables, mais ce n'était pas pour cela que je les cachais ; ils n'étaient pas très bons et je le savais. Il ne s'agissait pas de fausse modestie : mon côté illustrateur de magazine était trop marqué. Si je peignais avec passion et énergie, le résultat était médiocre, condescendant et plein de mépris envers les modèles. Et ce n'était pas le genre de chose qu'on a envie d'accrocher dans son salon.

Ainsi donc, je peignais mes portraits mondains, me rendais de plus en plus souvent à des soirées élégantes, faisais la connaissance de plus en plus de gens intéressants, tout en rêvant de Holland Park. Comme tout cela était éblouissant et séduisant ! Et comme ce genre de succès est facile ! Il suffit de donner à ses clients ce qu'ils souhaitent – c'est-à-dire se voir sur la toile tels qu'ils s'imaginent –, et ils s'empressent de fourrer de l'argent dans la main tendue. Je devenais un homme d'affaires et me mettais à penser comme tel. Je recherchais certaines commandes pour la notoriété qu'elles me procureraient, les contacts qu'elles favoriseraient, et non parce que c'étaient des gens dotés de personnalités complexes ou de visages difficiles à représenter.

Je suis donc allé chez toi et j'ai commencé à te peindre dans ton cabinet de travail. Il s'agit du « critique, jeune homme », tableau que je suis en train de compléter en faisant le portrait du « critique en homme mûr arrivé ». Ton bureau m'intimidait. Livres ; objets précieux divers : porcelaines de Chine, tapisseries murales, sculptures ; l'étendue de ton savoir, l'aisance avec laquelle tu le maniais, le naturel avec lequel tu occupais ta position sociale… Tout cela te semblait aussi normal que respirer, mais tu utilisais ces atouts pour plier les autres à ta volonté. Ne le nie pas. Et cela a influencé le portrait que j'ai fait de toi. Tu t'es imposé à moi ; ton influence se faisait sentir dans chaque coup de pinceau. Je n'ai pas peint ce que je voyais mais l'image que tu voulais montrer au monde.

As-tu remarqué alors comment mon humeur s'altérait au fil des jours ? Cela n'a pas pu t'échapper. Je me suis conduit en goujat, même selon mes propres critères, pourtant assez souples. J'ai joué les artistes, mais mal, sans humour ni élégance. Je ne suis pas Augustus John, qui peut charmer une femme tout en séduisant sa fille, amuser un homme tout en dévalisant son bar. Ce n'était d'ailleurs pas dans mes intentions. Plus le temps passait, plus j'avais envie de me conduire en malotru. Et j'y ai réussi brillamment, me semble-t-il. J'ai été moi-même surpris de ma grossièreté, de mes sarcasmes, un comportement qui m'était inhabituel. Je suis, au fond, un petit Écossais, qui cherche à se faire bien voir de ses supérieurs. Est-ce que je faisais vraiment tous les jours la grasse matinée jusqu'à midi ? Mes acerbes récriminations faisaient-elles réellement pleurer ta servante ? Ai-je affirmé que ta fille avait intérêt à être intelligente parce qu'elle ne serait jamais jolie ? Je suis sûr que ce ne sont pas tous des enjolivements ajoutés plus tard au souvenir. J'espérais que tu me mettrais à la porte en me disant que tu ne voulais plus me revoir. Que tu me libérerais de ton emprise.

Mais tu ne lâches pas les gens si facilement. Tu lisais trop clairement dans mon jeu, mieux que moi. Lueur de douloureuse résignation dans tes yeux, sourire indulgent… Tu m'as suggéré de passer seul l'après-midi… Telle a été ta seule réaction. Parce que tu savais que je ne m'en irais pas sans ta permission.

En vérité, je devrais te remercier. Ce séjour dans le Hampshire m'a fait prendre conscience de mes problèmes, m'a poussé sur le chemin de la France et dans les bras de Dieu sous Sa forme la plus catholique. En effet, tandis que je me préparais, que je sortais mes peintures et mes pinceaux, je me suis rendu compte que j'obéissais à tes ordres. Je suis certain que tu ne te souviens pas de ce moment précis. J'ai choisi la pose que je voulais que tu prennes. Ce serait un portrait austère, la tête et les épaules seulement, sans rien d'autre pour attirer le regard. Un peu à la manière de Titien, pensais-je, l'arrière-plan si sombre qu'il serait presque noir, on y devinerait juste une bibliothèque.

Et qu'ai-je commencé à peindre ? La lumière du soleil. Je voulais te faire plaisir. Ce n'est pas une mauvaise chose chez un portraitiste, bien sûr, mais l'habileté consiste à rendre agréable sa propre vision. J'ai tenté, à plusieurs reprises, de me forcer à peindre ce que j'avais imaginé pendant le voyage jusque chez toi, mais chaque fois le désir de plaire a été plus fort que mon instinct. Puis j'ai compris la vérité : je n'étais qu'un domestique, exactement comme la femme grosse et vieille qui te servait de cuisinière ou la petite maigrichonne tuberculeuse que tu avais engagée comme servante. Elles, au moins, ne se faisaient aucune illusion sur leur position, alors que moi, je m'étais persuadé que mes relations avec toutes les femmes du monde et les gentlemen farmers – qui constituaient de plus en plus mon fonds de commerce – n'avaient rien à voir avec celui d'un employé à l'égard de son patron. Que j'étais leur supérieur et ton égal.

Non que mes clients m'aient beaucoup gêné, puisque avec eux mes rapports étaient clairs. Ils voulaient un portrait qui leur donne l'air plus noble, plus respectable, plus humain qu'ils ne l'étaient en réalité, et ils étaient disposés à payer pour obtenir ce résultat. Je me suis prêté au jeu, et comme j'étais capable d'exécuter un portrait flatteur avec art – un art d'une certaine valeur, qui plus est, puisque je ne m'étais jamais abaissé à faire de la peinture alimentaire –, ils étaient ravis de payer plus que le prix habituel. Voilà pourquoi j'ai eu beaucoup de succès. Et, en vérité, je n'en ai pas honte. J'ai fait du bon travail. Hélas ! ce n'était pas celui auquel j'aspirais.

Non, le problème ne venait pas de mes clients : eux, au moins, me donnaient quelque chose en échange de ma soumission. Ils payaient bien, et quand le contrat était rempli, une fois l'argent remis et le portrait accroché, ils n'avaient plus d'emprise sur moi. Le problème venait de toi, qui ne donnais rien et dont le pouvoir ne cessait jamais. Le critique est un dieu exigeant, qu'il faut constamment apaiser. On lui fait une offrande, qu'il faut sans cesse renouveler.

J'ai perdu ma joie de vivre durant ce séjour dans le Hampshire. Le soleil ne brillait plus pour le voyage de retour à Londres. J'ai ressenti chaque embardée du train et les autres occupants du compartiment me portaient sur les nerfs. Une idiote n'a pas arrêté de chercher à entamer la conversation et j'ai été très impoli avec elle. J'ai sans raison lancé un regard noir au contrôleur. En fait, j'avais une bonne raison.

Ce matin, j'ai envie d'aller faire une promenade. Non, je n'ai rien de subtil en tête. Je n'ai pas l'intention de faire passer la couleur du temps dans tes pâles joues d'esthète, ni de commenter le rapport entre les activités du corps et celles de l'esprit, afin de le transcrire magistralement dans le portrait. Non, j'ai juste envie d'une petite balade et je suis disposé à la faire en ta compagnie. Je marche assez souvent, tu sais. Remarque, il y a toujours quelque chose d'un peu frustrant dans cet exercice. Sauf en plein hiver, il est bien trop agréable de marcher ici. On ne souffre pas, on n'a pas l'impression de remporter une victoire. Je me rappelle avoir jadis, peu de temps après mon retour de Paris, effectué une longue randonnée le long d'Ardnamurchan. Je me suis rendu en Écosse, avec mon bloc à croquis pour seul bagage, décidé à dessiner tout ce qui m'inspirerait. J'y étais retourné pour voir si je pouvais revivre dans mon pays natal. Je le désirais vraiment, mais à peine descendu du train, j'ai su que ce serait impossible. Sais-tu qu'il n'y a pas un seul Écossais vivant en Angleterre qui ne se sente un peu coupable ? Non de vivre en Angleterre, mais de ne pas avoir envie de rentrer au pays. Je me suis aperçu que venir en France ne produit pas le même effet.

Quoi qu'il en soit, durant trois semaines j'ai parcouru la terre de mes ancêtres. C'était ma période eau forte. À l'époque, tout le monde voulait devenir le Whistler écossais, le Whistler irlandais, ou le Whistler de Tunbridge Wells. Peu importait le lieu, du moment que des critiques comme toi nous comparent à Whistler. Je crois que le pays entier regorgeait de jeunes gens pleins d'enthousiasme mais au talent médiocre, qui, serrant dans leur main de petites feuilles de métal, partaient en quête du moment idéal pour saisir au vol une scène sous un porche et la transcrire dans le cuivre, avant de la transmuter en or, et ensuite en gloire.

Je n'y suis pas parvenu, bien sûr. Quelque chose dans les Highlands ne peut être représenté. Pas par moi, en tout cas. À qui sait un tant soit peu regarder, les Highlands ne peuvent évoquer que la souffrance. C'est un paysage dévasté, dépourvu d'arbres et d'habitants. Les animaux, les hommes et les forêts ont péri, et le temps reflète cette disparition. L'atmosphère est mélancolique même lorsque le soleil brille. Mais tout le monde ne s'en rend pas compte. Il faut avoir les sens en éveil pour percevoir la tristesse, saisir le désespoir dans le pourpre de la bruyère, l'angoisse dans le vent au moment où il soulève de fortes vagues à la surface d'un loch. Sinon, on ne voit qu'un paysage et on imagine seulement des hommes en kilt, une bouteille de scotch dans une main et une cornemuse dans l'autre.

Personne n'a réussi à représenter visuellement cette tristesse. David Cameron transcrit l'aspect spirituel, mais le côté humain lui échappe. J'ai relevé le défi et j'ai presque gagné, mais pas complètement. Je n'ai pas voulu qu'on interprète mal mon travail. Imagines-tu ce que j'aurais éprouvé si j'avais peint des tableaux évoquant la souffrance humaine et qu'on les ait considérés comme de jolies scènes des Highlands ? C'est ce qui se serait passé à coup sûr. Je le sais, parce que je t'ai un jour montré certains de mes croquis. Tu n'y as absolument rien compris car ton regard est en permanence tourné vers le continent. La transcendance sur le pas de ta porte ne t'intéresse guère. Mais tu n'es jamais allé en Écosse, tu ne t'es jamais trouvé en haut d'une gorge, risquant d'être renversé par les rafales de vent dont l'écho retentit tout autour de toi, tandis que tu écoutes les générations qui vivaient là jadis.

Ils parlent, les morts, tu sais. Pas réellement, bien sûr, je ne perds pas la tête. Ils parlent dans le vent et dans la pluie, dans la façon dont la lumière tombe sur des bâtiments délabrés et des murs de pierre en ruine. Mais il faut prêter l'oreille et vouloir entendre ce qu'il ont à dire. Or ce n'est pas ton cas : tu appartiens au présent, au monde moderne. Eh bien, soit ! c'étaient des sauvages et des barbares. Et aujourd'hui, apparemment, ce sont de riches sauvages vivant comme des coqs en pâte en Amérique et au Canada. Ils ont rudement bien fait de quitter l'Écosse. Que serait devenu le fameux Carnegie s'il était resté en Écosse, hein ? Un pauvre tisserand, qui aurait employé son énergie débordante à installer des alambics illégaux et à se soûler jusqu'à tomber ivre mort le vendredi soir.

Je n'entends pas les morts de cette île. Non pas qu'ils se taisent. Loin de là... Parfois, tard le soir, je perçois une sorte de bavardage dans le vent qui ébranle les toits. De temps en temps, après une pluie d'été, une conversation s'ébauche dans les reflets des mares. Mais elle ne prend jamais vraiment forme. Nous avons des rapports de bon voisinage, eux et moi. Lorsqu'on se croise, on se salue d'un signe de tête, on se sourit quelquefois, mais sans avoir le moindre désir d'approfondir la relation. Après tout, je ne suis pas du coin et ils ne veulent pas m'ennuyer avec leurs histoires. Et puis, s'ils me les racontaient, je ne saurais comment réagir, à part écouter poliment.

Tôt ou tard, il faudra donc que je m'en aille. Je vais devoir rentrer en Écosse, car sans ce genre de conversation on se dessèche un peu plus chaque jour. Oh ! être plus mobile ! Comme il doit être commode d'être juif et de porter ses ancêtres avec soi, sans avoir besoin de mottes de terre sale pour bavarder avec eux. On le leur reproche, mais ce sont eux qui ont de la chance et pas nous qui nous étiolons si la moindre frontière est déplacée vers la droite ou vers la gauche.

Ardnamurchan ? Ah oui ! J'y suis allé pour soigner une peine de cœur. On avait repoussé mes avances. Ne souris pas ainsi, la pilule est amère et, comme tu as toujours su le faire, il vaut mieux éviter de se fourrer dans ce genre de situation. Tu n'as jamais vraiment aimé ton épouse, n'est-ce pas ? J'ai gardé secrète ma propre passion. Personne n'a envie qu'on soit au courant de ses humiliations... On a décliné mon offre quand je me suis agenouillé pour déclarer ma flamme.

Il s'agit d'Evelyn, bien entendu. Je vois que tu es surpris. Quelle erreur ! penses-tu. Quel choix étrange ! Toi, tu n'agirais jamais ainsi à la légère. Tu as d'ailleurs choisi ta femme avec le même soin que tes vêtements et tes peintres. Quelqu'un qui ajoutera à ton prestige et t'aidera à faire ton chemin. L'amour n'entre pas en jeu. Moi, j'aimais Evelyn, me semble-t-il, et c'était tout ce qui comptait.

Te « semble-t-il » ? Tu n'en est pas sûr ? En ce domaine, on sait en général à quoi s'en tenir, non ?

Eh bien, non ! je n'en étais pas sûr. C'est possible quand on n'a jamais éprouvé ce sentiment auparavant et qu'on n'a aucune expérience. Les gens de mon espèce ne tombent pas amoureux facilement. L'amour est trop étroitement lié au péché. Aimer Dieu, rien de plus simple. Aimer son prochain ne présente aucune difficulté, même si un tel amour est en général tout à fait injustifié. Aimer un ami est également très facile quoique ce sentiment ne soit pas exempt de certaines complications. Mais aimer une femme... C'est le plus difficile, car cela engage la chair. Ce genre de sentiment ne devrait concerner que la lie de la société. Aimer une dame, c'est la traîner dans le ruisseau.

Ne me regarde pas comme ça ! Je ne dis pas que je partage cette mentalité, mais c'est ainsi que j'ai été élevé. Je suis, après tout, la seule preuve que mes parents se sont jamais touchés. Jeune homme, à l'époque où je jouais les peintres, je me suis vautré dans toutes sortes de stupres, afin de me plonger dans le péché et d'ouvrir un si vaste abîme entre moi et mes origines que je ne pourrais jamais revenir en arrière. Or je n'y ai pas pris de réel plaisir ; je ne jouissais pas vraiment du péché, ce qui, bien sûr, lui enlève quasiment tout son attrait. Je péchais parce que j'avais le sentiment que c'était nécessaire. Même la fornication devenait un devoir. Croyant fuir mes origines, j'y retournais, en fait, comme la fourmi qui suit le bord d'une assiette et revient à son point de départ.

Evelyn était différente, d'où ma demande. Je crois que dès la première fois que je lui ai parlé à Paris je savais que je ferais cette démarche. On se trouvait seuls tous les deux dans l'atelier où elle avait été systématiquement ignorée par tout le monde. Rien d'inhabituel à cela, je suppose. C'était une sorte de rite d'initiation destiné à évaluer les bizuths, afin de voir de quel bois ils étaient faits. Et c'était une fille. Néanmoins, on n'a pas déclenché une émeute, ni brûlé ses toiles, comme l'ont fait les étudiants français lorsque les femmes ont été pour la première fois admises aux Beaux-Arts. Bien des hommes subissaient le même sort pendant le premier mois. Nous formions un groupe et nous nous méfiions des étrangers. Mais trop c'est trop et, à l'évidence, Evelyn supportait très mal la situation. Alors, un soir, après le départ des autres, je l'ai apostrophée.

« Qu'en pensez-vous ? » ai-je lancé. J'avais passé toute la journée sur mon tableau, le peignant à partir de croquis que je faisais depuis un mois. Je m'étais persuadé que c'était du bon travail. Je n'étais pas encore vaniteux, mais j'acquérais de plus en plus d'assurance. En outre, tu l'avais déjà vu et m'avais outrageusement complimenté. Je lui permettais donc d'y jeter un coup d'œil pour lui offrir ce petit plaisir, lui montrer ce qu'était une bonne peinture. Je ne recherchais pas son avis, sûr de son admiration et de sa reconnaissance, puisqu'en la prenant au sérieux je la considérais comme l'une des nôtres.

Elle s'est approchée et a regardé le tableau. D'un air grave, les sourcils froncés. Mais sans s'attarder.

« Ce n'est pas très bon, a-t-elle fini par dire.

— Pardon ?

— Ce n'est pas très bon. Trop fouillis. Qu'est-ce que ça représente ? Une femme dans sa cuisine ? On a plutôt l'impression qu'elle est en train de se frayer un chemin dans un magasin, une brocante. » Elle s'est tue et a réfléchi encore quelques instants. « Videz l'arrière-plan, laissez le regard se poser sur la femme elle-même. La pose est bonne, mais vous la gâchez. Quel est le sujet du tableau ? Si vous voulez que le public s'y retrouve, il faut l'y aider. Qu'essayez-vous de faire ? De montrer votre habileté ? Votre maîtrise de la perspective et de la couleur ?

— C'est votre avis ?

— En effet. Et vous allez sans doute n'en tenir aucun compte… Je ne vois pas pourquoi vous me l'avez demandé. »

Son regard s'est de nouveau tourné vers la toile, avant de se reposer un bref instant sur moi. Elle avait une lueur moqueuse dans les yeux, tandis que le reste de son visage demeurait grave. Elle savait fort bien qu'elle se montrait présomptueuse puisque j'étais plus âgé et plus expérimenté qu'elle. Elle me sondait, cherchait à voir comment je réagirais. Allais-je me vexer et me lancer dans une tirade pompeuse sur les grandes qualités de mon travail ? « Non, non. Vous ne comprenez pas... Si vous regardez... »

Mais je ne place pas là mon orgueil, et l'espièglerie dans ses yeux m'a ému. J'ai éclaté de rire. Je n'étais pas entièrement sûr qu'elle ait raison, même si j'ai toujours eu tendance à trop bourrer mes tableaux. Ce regard a scellé notre alliance. La relation complexe – à base de flatterie, de ta part, et de flagornerie, de la mienne – qu'elle avait remarquée entre nous n'était pas à son goût. Elle ne pratiquait ni l'une ni l'autre. Et d'elle je n'en voulais pas. Elle m'a plu à partir de ce moment précis, même si j'étais un peu déconcerté. Elle t'avait défié par ces remarques, et j'ai peu à peu compris la vacuité de tes compliments. Tu me traitais avec désinvolture car, en fait, tu ne me prenais pas au sérieux. C'est elle qui avait raison à propos du tableau, pas toi. Tu étais soudain faillible.

D'un autre côté, je ne lui ai plus guère montré mes tableaux. En tout cas, pas ceux auxquels je tenais. J'avais trop peur de ce qu'elle pourrait y voir. On ne peut supporter qu'une certaine dose de critique. Je pense que, contrairement à moi, elle n'a jamais craint mon jugement sur ses propres œuvres.

Sais-tu ce que c'est que d'aimer quelqu'un, toi qui ne te reconnais aucun égal ? C'est ne pas tout placer dans une hiérarchie, ne pas vouloir être à tout prix meilleur, ou plus puissant que la personne avec qui l'on se trouve. Ne pas voir dans les gens des amis ou des ennemis, des obligés ou des mécènes. Ne pas envier ou être envié. Voilà ce qu'est l'amitié. J'ai cru que c'était peut-être aussi ce en quoi consistait l'amour. J'ai encore du mal à les distinguer.

J'ai eu mes passions et mes toquades, même si elles ont été beaucoup moins nombreuses que ma réputation le laisse croire ; toutefois, l'Église d'Écosse a encore gardé assez d'influence sur moi pour que je me méfie de l'emprise de la chair. Certes, j'ai découvert que la magie s'estompe vite. Aucune femme, quels que soient l'opulence de ses formes et son pouvoir de séduction, ne m'intéressait très longtemps. Ce n'était pas le cas d'Evelyn, et elle ne m'a absolument jamais attiré physiquement. Il me semble que je voulais mieux la connaître ; et plus mon amitié avec toi pâlissait, plus notre relation était entravée de conditions et percluse de doutes, plus j'avais soif de la spontanéité et de la simplicité d'Evelyn. Comme avec toi, je me promenais dans Londres et dans Paris en sa compagnie, mais ce n'était pas la même chose. Elle ne jouait pas les pédagogues, ne faisait pas de cours magistraux. Quand elle regardait une statue ou un bâtiment, elle ne cherchait pas à les classer, à les faire rentrer dans une catégorie. Contrairement à toi, elle ne se répandait pas en condamnations sans appel ni en louanges dithyrambiques. Elle s'efforçait toujours d'apprécier ce que l'artiste avait voulu faire, même si le résultat laissait à désirer. Elle allait jusqu'à trouver des qualités aux vieux birbes pompeux des Beaux-Arts. Et surtout, elle m'accompagnait dans ces balades pour le seul plaisir d'être avec moi. Rien de plus. Pourtant, je percevais chez elle une certaine réticence, une appréhension – et même, me semblait-il, une sorte de répugnance à mon égard. Par ailleurs, elle se montrait si ouverte. Je n'arrivais pas à comprendre. Et j'ai pris l'irritation et la frustration que me causait son attitude pour les symptômes de l'amour.

J'ai mis longtemps à prendre une décision. J'ai attendu que nous soyons tous deux revenus en Angleterre, puis que ma carrière commence à prospérer. Enfin, au printemps 1904, j'ai sauté le pas et lui ai fait ma demande. Tout à trac, et dans un style fort peu romantique, il me faut bien l'avouer. Je n'avais pas vu Evelyn depuis longtemps quand je me suis rendu chez elle. Je n'ai pas pensé à apporter des fleurs ou un présent, ces petits détails qui apportent un peu de cérémonial à ce genre d'occasion. Tant mieux, d'ailleurs, car ç'aurait été du gaspillage. Elle m'a éconduit sans ménagement. Elle avait l'air choquée et peut-être même agacée. Comme si la seule idée que j'aie pu concevoir ce projet la vexait. Je n'ai pas compris sa réaction. Personne d'autre n'était sur les rangs, et je croyais que les femmes étaient toujours flattées qu'on sollicite leur main.

Son attitude était sans doute justifiée : je m'y étais mal pris et, à cette époque, je n'avais à offrir que de maigres revenus et un immense égoïsme. Je n'avais jamais appris à faire la cour à une femme, n'en ayant jamais eu besoin. Je croyais que la franchise suffisait, sans comprendre que les Anglais aiment leurs rituels et considèrent paradoxalement le franc-parler comme une sorte d'hypocrisie. Toute parole recèle un sens caché, n'est-ce pas ? Alors plus les propos sont directs, plus la vérité doit être dissimulée et plus il faut faire d'efforts pour en deviner le sens caché. Au temps pour mes essais de galanterie ! À y bien réfléchir, je viens de résumer ta philosophie de l'art moderne. Finalement, tu ne fais qu'appliquer à la peinture les principes de la bourgeoise anglaise. Tout doit avoir une explication.

« Je ne me marierai jamais », a-t-elle répondu, une fois remise de sa surprise. Elle s'est au moins gardée de sourire en prononçant ces mots, je ne l'aurais pas supporté. « Je ne suis pas faite pour ça. Je ne désire pas d'enfants et je pense pouvoir subvenir à mes propres besoins. Voilà pourquoi je ne vois guère d'intérêt au mariage. Je n'aime aucun homme plus que vous, a-t-elle poursuivi, et il n'en existe aucun dont la compagnie me plaise autant. Mais cela ne suffit pas. Non, Henry MacAlpine... Trouvez quelqu'un d'autre. Je ne vous rendrais jamais heureux et vous ne parviendriez jamais à me satisfaire. Je suis certaine qu'une autre femme fera mieux l'affaire que moi. »

Un point, c'est tout. Elle a découragé toute tentative de revenir sur le sujet et m'a même évité durant quelque temps, de peur que je cherche de nouveau à l'entretenir de cette affaire. Alors je suis parti faire une randonnée dans les Highlands, sous la pluie. J'étais piqué au vif, bien sûr. Qui ne le serait pas dans ces circonstances ? Mais j'ai découvert que les pointes de jalousie qu'il m'arrivait de ressentir les rares fois où je la voyais avec un autre homme ne tardaient pas à s'émousser. Notre amitié n'a repris son cours normal que lorsqu'elle s'est sentie assez en sécurité en ma présence et qu'elle a été certaine que je n'allais pas encore m'agenouiller devant elle. Les choses se sont donc finalement calmées. Si je ne savais pas ce qu'elle voulait, j'ai vite accepté le fait que ce n'était pas moi. De même, je me suis bientôt persuadé qu'elle ne m'aurait pas du tout convenu. Après tout, elle était d'un tempérament très difficile. Lunatique, repliée sur elle-même, chimérique. Je n'ai pas mis longtemps à me convaincre que j'avais failli commettre une terrible erreur.

Au fait, ne crois pas que je n'ai pas remarqué ton expression de mépris lorsque je parlais de mon cher pays natal... J'évoque si poétiquement l'Écosse, alors que j'en suis si loin ! Si c'est une contrée si merveilleuse, qu'est-ce que je fais sur cette petite île au large de la Bretagne ? Si je suis si bon patriote, pourquoi n'ai-je pas mis le cap sur le nord au lieu de filer vers le sud ? Soit. Mais les Écossais les plus enthousiastes sont ceux qui ont le mal du pays. L'Écosse m'étouffe. Le paysage procure une impression de liberté, mais la culture est oppressante. Je ne peux pas peindre en Écosse, car j'y suis trop conscient de la désapprobation de Dieu et de l'impossibilité de jamais parvenir à Lui plaire. Ici, j'ai enfin réussi à me persuader qu'on avait un peu plus de chance de L'amadouer.

AS-TU CONSTATÉ QUE MON STYLE A CHANGÉ ? Évidemment, puisque rien ne t'échappe jamais. En même temps que les pinceaux, j'ai mis l'ancienne méthode au rancart. Que nous avait-on appris ? Le trait, encore le trait, toujours le trait. L'impression immédiate devait primer tout. Voilà les deux grands préceptes irréconciliables qui ont détruit une génération de peintres anglais, si ce n'est plus. On appliquait des louchées de peinture pour fixer une impression fugitive déjà à moitié oubliée. En fidèles disciples de Monet... D'accord, cela a produit de jolies choses, même si le petit calviniste en moi a toujours vu d'un mauvais œil la décadence française. Tentez de saisir, je vous prie, ce vif reflet sur l'étang de nymphéas, le jeu de lumière du soleil automnal sur la façade de la cathédrale... Or il n'y avait jamais beaucoup de soleil en Écosse, tu sais. Ni beaucoup de lumière d'ailleurs. On possède cinquante-neuf nuances de gris. Nous sommes une nation *en grisaille**, capable de saisir toute la création divine dans la différence entre une aube nuageuse et une matinée orageuse. Même le vert des collines est gris, à y bien regarder. La bruyère et les lochs se détachent sur un sol gris. Notre soleil est un soleil gris. Le gris n'est pas une couleur qui saute aux yeux. On ne la perçoit pas tout de suite. On ne peut pas la peindre sans réfléchir. Il faut étudier le gris pendant des années avant qu'il ne révèle ses secrets. Et ensuite il faut peindre en profondeur, pas superficiellement. Autant demander à Tiepolo d'élaborer ses œuvres en utilisant les conseillers municipaux de Glasgow au lieu des nobles vénitiens. Essayez donc, le résultat sera grotesque. Mieux vaut s'abstenir et penser à autre chose.

Ou partir, bien sûr. Certains Écossais sont parvenus à cette conclusion et, afin d'économiser leur palette de gris, ont abandonné la terre de leurs ancêtres et pris la direction de la Méditerranée. J'imagine ce qu'on doit dire à Dundee. « Oh ! qu'est-ce que c'est criârrd, dis donc ! Vise un pau ce machin-lâ, eh ! T'as d'jâ vau une fille avec lâ fâce orrange ? J'voudrrais pâs d'çâ chez mouâ pour tout l'orr du monde… » Jadis, je me moquais aussi des marchands de jute de Dundee, obsédés par leurs registres de comptes d'importation, leurs marges bénéficiaires, coincés dans leur petit monde d'avarice bardé de contraintes. Mais finalement ils ont raison. Il faut être en harmonie avec ce qui nous entoure, au lieu de créer des chimères lointaines et inaccessibles. Oui, on ne rencontre pas de jeunes filles au visage orange à Dundee et on ne voit jamais le soleil se réfléchir dans une eau bleue limpide.

Donc, j'ai changé de style. Adieu pinceaux, adieu

épaisses couches de peinture ! Je veux de la profondeur, pas de la spontanéité. Je suis, par conséquent, revenu aux méthodes qu'on m'avait apprises il y a fort longtemps et en ai exploré d'autres, si anciennes qu'on ne les a pas enseignées depuis des générations. J'applique couche transparente sur couche transparente. Je les recouvre d'un vernis à base d'huile et de jaune d'œuf, pour donner de la profondeur et faire travailler un peu le spectateur. Désormais, on ne peut plus rien faire, voir ou comprendre instantanément. Il faut, au contraire, scruter la surface, comme l'œil perce le brouillard, afin de distinguer peu à peu la vague silhouette de… de quoi ? Colline, crâne, soupçon de méchanceté dans une expression sous le brillant de manières parfaites.

Tout cela prend du temps, bien sûr. Jadis, j'expédiais un portrait en un peu plus d'un après-midi. Ensuite, pour justifier mes honoraires, je forçais mon modèle à rester assis pendant des heures tandis que je donnais ici et là de petits coups de pinceau. Ou bien je les renvoyais et le tableau achevé prenait la poussière pendant des mois. Aujourd'hui, les portraits me prennent vraiment beaucoup de temps. Je suis devenu désintéressé. De toute façon, il me faudrait demander des sommes colossales pour simplement mener une existence à peine plus que primitive.

De l'argent ? Grand Dieu, j'en possède assez. Ça ne te suffirait pas pour passer le week-end, mais mes ancêtres avaient un sens inné de la frugalité et j'en ai hérité. J'ai tenté de le combattre avec un certain succès, d'ailleurs, mais je crains que la dissipation ne puisse résister très longtemps à la bonne éducation dispensée par l'école écossaise et l'Église presbytérienne. Quelques-uns d'entre nous déploient de grands efforts pour s'en affranchir, mais sans grand enthousiasme. Car, à l'arrière-plan, il y a toujours quelque pasteur brandissant la menace de la damnation éternelle. Ce qui fait de moi un catholique particulièrement intransigeant. Je suis de tempérament janséniste, assez proche des adeptes de la flagellation. J'entends l'appel du Cœur Sacré de Jésus, cet organe blessé qui verse des larmes de sang pour les péchés du monde. Les souffrances et les douleurs que j'ai infligées à Notre Sauveur m'emplissent d'une jouissance coupable.

J'ai plaisir à avoir froid, à me baigner dehors, en plein hiver, dans de l'eau glacée. Les gens du coin me prennent pour un fou, mais les hivers ne sont pas aussi rigoureux qu'en Écosse. Je brille à peu de frais. En outre, le présent ne m'intéresse guère. Mon regard est fixé sur l'au-delà.

Tu as l'air gêné. Tu es persuadé que je divague, que je suis devenu un fanatique religieux et que je suis à deux pas de l'asile. Tu ne comprends pas : je ne parle pas de ma place au ciel, car, si je ne l'ai pas déjà perdue, cela ne saurait tarder. Je parle de ma réputation posthume.

Oh non ! Tu préférerais qu'il s'agisse de ferveur religieuse, n'est-ce pas ? Plutôt que des folles chimères de l'artiste dépité, convaincu que la postérité verra en lui ce qui a échappé à ses contemporains. J'ai été bien des choses dans ma vie, mais jamais un objet de compassion. L'exil m'aurait-il réduit à ce triste état ?

Je remarque que tu ne t'empresses pas de me rassurer. Tu ne souris pas en disant : « Bien sûr ! Tôt ou tard le monde découvrira ta vraie valeur. Pense à Cézanne, pense à Van Gogh… » Parce que tu sais, ou plutôt tu espères, que ça n'arrivera pas, car sinon cela signifierait que vous avez échoué, toi et tous les artistes très différents de moi que tu soutiens. Je ne serai jamais l'un de tes post-impressionnistes. Je suis aujourd'hui plus éloigné d'eux que jamais. Tu préférerais que ton vieil ami soit relégué dans une note infrapaginale de ta biographie plutôt qu'on lui accorde la moindre reconnaissance. Tu as décidé de la direction que prendrait la grand-route de l'Art, tandis que moi je ne suis qu'une route secondaire, une déviation mal entretenue, peu à peu envahie par les mauvaises herbes, qui la recouvriront bientôt tout à fait, avant d'être complètement oubliée.

Or c'est moi qui ai raison, pas toi. Et tu vas me servir à restaurer ma réputation. Tu l'as dit toi-même, n'est-ce pas ? Voilà bien des années, quand tu justifiais ta décision de devenir critique. Sans le critique, le peintre n'est rien. Le bon critique peut rendre célèbre un artiste médiocre, cantonner le génie dans l'obscurité. Il jouit d'un pouvoir sans limites, l'artiste est son serviteur et, tôt ou tard, celui-ci reconnaîtra cet assujettissement. Et tu as raison. Tu l'as prouvé en subjuguant les galeristes, les collectionneurs, les mécènes et les journalistes, chuchotant à l'oreille de chacun, suggérant, conseillant. Qui osait s'opposer à toi ? Qui même s'en sentait le devoir ?

Je ne t'accuse pas. Tu ne m'as jamais fait aucun mal, professionnellement parlant s'entend. Bien au contraire. Tu m'as constamment dorloté, protégé, encouragé. Rappelle-toi la grande exposition de 1910 où tu as introduit ces malheureux post-impressionnistes en Angleterre. La dernière mode française que tu avais importée pour flanquer un gnon dans l'œil des Anglais, les choquer, les arracher à leur torpeur, à leur complaisance. Une poignée de peintres anglais triés sur le volet ont été invités à mesurer leurs œuvres à celles de ces augustes nouveaux maîtres. Et j'étais l'un d'entre eux. Quelle gentillesse de ta part ! Ton habituelle générosité ! Comme toujours.

Je me rappelle dans les moindres détails ce soir où tu es venu me demander de participer à l'exposition. Tu as chassé mon modèle, sorti un petit panier garni de nourriture et de champagne, disposé les mets sur la table, puis débouché la bouteille.

« Quelle victoire fêtons-nous ? t'ai-je demandé. Peut-être as-tu enfin pris conscience de ma véritable valeur en tant que peintre et es-tu venu me rendre hommage ?

— Un peu des deux », as-tu répondu en souriant. Ce n'était pas un large sourire de satisfaction – tu n'es jamais allé jusque-là –, mais presque. « Je vais déclencher la plus grande explosion dans l'histoire de l'art britannique. Et j'ai besoin de ton aide. »

Tu as alors expliqué tes intentions. Faire venir des œuvres de Cézanne, Seurat, Van Gogh, Degas, y mêler celles de quelques peintres anglais – choisis avec soin – qui ne dépareraient pas et ouvriraient les portes.

« Sans préparer le terrain auparavant ? Sans avertissement ? Les critiques seront terribles. Atroces. Tu ne vendras rien. On se moquera de toi », ai-je répliqué.

Tu as souri à nouveau. Franchement, cette fois-ci.

« Bien sûr que ce sera une catastrophe. Si je ne reçois pas les pires critiques jamais écrites, je serai extrêmement déçu. J'ai même l'intention d'en rédiger certaines moi-même et de les publier anonymement. "Jamais dans toute l'histoire de l'art on a à ce point heurté la sensibilité du public en présentant de telles horreurs…" Ce genre de chose. C'est le but de la manœuvre, tu comprends ?

— Non.

— Réfléchis, mon vieux ! De quoi avons-nous parlé

durant toutes ces années ? Du goût médiocre de nos compatriotes. Du fait que le bon public anglais serait incapable de reconnaître un chef-d'œuvre si on le lui servait au petit déjeuner avec ses œufs au bacon.

— En effet.

— Et rappelle-toi que tout le monde est d'accord sur ce point. Pas seulement toi, moi et les autres artistes. Absolument tout le monde. La seule opinion partagée par tous à propos du milieu de l'art en Angleterre, c'est qu'ici le public est absolument atroce.

— Soit.

— Alors, à quoi servirait d'essayer d'obtenir de bonnes critiques ? Si un tableau est apprécié maintenant, c'est qu'il ne vaut rien. Il ne peut espérer un avenir que s'il est voué aux gémonies aujourd'hui. Voilà la pierre de touche de l'art moderne. Et ce, depuis Manet, et depuis que Whistler a intenté un procès quand on l'a accusé de flanquer un pot de peinture au visage du public. Il a eu tort, d'ailleurs. Il aurait dû s'enorgueillir d'une telle calomnie. Sa réaction montre à quel point il était vieux jeu. Les peintres ne doivent plus rechercher la renommée mais le scandale... »

Ah ! quel magnifique spectacle ! *La vie de bohème**. Toi, toujours aussi maigre, et moi, avec mon embonpoint d'homme vieillissant, tous deux cédant peu à peu à l'ivresse, vilipendant ceux-là mêmes dont nous guignions l'argent, tombant d'accord sur tout. Comme jadis à Paris, mais pour la dernière fois. Cependant, tu étais toujours le maître, n'est-ce pas ? J'étais installé par terre, tu occupais le fauteuil, assis bien droit, parlant si doucement que je devais me pencher pour t'entendre. J'ai trop bu ; toi, tu t'es maîtrisé, comme toujours. « Si je ne reçois pas les pires critiques... » « Mes tableaux... » « Mon exposition... » Quel rôle jouait le malheureux Cézanne là-dedans ? Celui d'un simple artisan te fournissant le matériel avec lequel tu allais lancer ton attaque. Et moi ? Encore moins que cela. Accepterais-je d'envoyer quelques tableaux à l'exposition ?

« Bien sûr. Tu peux avoir mon portrait de...

— Non, non. Je choisirai moi-même. Je prendrai ce qui s'harmonisera le mieux avec le reste, si tu permets... »

Merveilleux. Passionnant. Pourtant... Pourtant la vague des post-impressionnistes baissait, n'est-ce pas ? Matisse et Picasso les avaient supplantés. Tu nous as abusés. Nous ne savions guère que c'était déjà de l'histoire ancienne. Toi, si, il va sans dire. Tu étais au courant de tout. Mais, même pour toi, tous ces nouveaux courants étaient trop radicaux. Les limites de ton avant-gardisme ont révélé le conservateur que tu as toujours été, un escroc qui vendait du vieux pour du neuf. Alors même que tu nous choquais, à cause de toi on avait l'air pitoyables, moi et les autres peintres anglais qui étions tombés dans ton piège.

Nous pensions que la gloire déteindrait sur nous, que nous serions associés à ce mouvement artistique. Hélas, non ! Ce n'était pas du tout le but, n'est-ce pas ? Il s'agissait d'une mise en scène destinée à montrer ton pouvoir ; nous n'étions là que pour souligner à quel point l'art anglais était démodé. Quiconque se voulait dans le coup devait regarder ce que tu avais fait venir de France, puis nos œuvres personnelles, et tirer ses propres conclusions. Je me demandais pourquoi tu avais choisi certains de mes tableaux en particulier : le portrait du jardinier de la comtesse d'Albemarle, la vue de Hyde Park, le ridicule toutou que j'avais peint pour ta femme... Je t'avais proposé de t'en montrer plusieurs autres, même mes scènes de docks et quelques-unes de mes petites prostituées, mais tu as refusé.

L'exposition a été un triomphe. Une sonnerie de trompette. Si on voulait acquérir ce qu'il y avait de plus nouveau, il fallait s'adresser à toi. Tu étais le portier du moderne. Si j'avais montré mes tableaux sombres, que se serait-il passé ? On m'aurait félicité d'avoir si vite appris le nouvel art que tu avais introduit en Angleterre. Vous m'avez volé mon originalité, monsieur ! Réduit à un médiocre imitateur de vos amis français.

J'en ai ri, bien sûr. D'autant plus que mes tableaux ont été encensés alors que tu n'as pas réussi à fourguer un seul Cézanne. Minable victoire à la Pyrrhus : plus je vendais, plus je risquais de voir ma réputation s'effondrer. Je ne m'en suis pas rendu compte tout de suite, bien sûr. C'est Mme Algernon Roberts qui me l'a fait remarquer. Pas vraiment un membre de ton entourage, n'est-ce pas ? Évidemment. C'est – ou c'était – une aimable et corpulente cavalière dont la croupe n'avait rien à envier à celle de sa monture. Son mari possède une grande partie du Suffolk, me semble-t-il, et en huit générations la famille n'a lu que deux livres. Tous les deux sur la chasse à courre. Elle jardine, sans talent, et tente de marier sa fille à des hommes riches, sans y parvenir. Par souci d'exactitude, je dois ajouter que c'est aussi une femme charmante, bonne, douce, généreuse. Pas du tout ton genre, tu en conviendras, j'imagine.

Mais revenons à nos moutons, c'est-à-dire à ton vernissage. Pour quelle raison y a-t-elle assisté, je ne sais. Quelqu'un avait dû l'inviter pour s'amuser. Parée de ses plus beaux atours, elle avait l'air de venir directement d'un bal au château. La mine perplexe, la dame – pour qui Constable représente le radicalisme en peinture – errait de tableau en tableau. Elle m'a soudain aperçu. Nous nous étions rencontrés par l'intermédiaire d'une de ses amies, dont j'avais fait le portrait un an plus tôt. Elle avait débarqué pendant une séance de pose et insisté pour me regarder travailler. Étant un peu fauché à l'époque, j'avais pensé que cela pourrait peut-être déboucher sur une commande, ce qui aurait pu être le cas si je n'étais pas venu ici. Je l'ai donc laissée s'installer derrière moi et j'ai trouvé sa présence étrangement agréable. Contrairement à son amie qui ne cessait de se précipiter à mon côté pour juger mon travail et lancer des remarques stupides, au point que j'avais envie d'enlever ma ceinture et de m'en servir pour l'attacher sur son siège, Mme Algernon Roberts regardait sans bouger. « On dirait la mise bas d'un poulain, s'est-elle écriée d'un ton enjoué – l'image était particulièrement bien trouvée vu le physique de son amie –, la bête a besoin d'être totalement concentrée. »

La remarque était si ridicule qu'elle en était presque judicieuse. La dame m'a plu tout de suite et ç'a été réciproque. Je ne peux pas dire qu'on soit devenus amis, car nous n'avions absolument rien en commun. Mais malgré le profond gouffre que crée la langue anglaise pour séparer les êtres, nous avons ressenti une certaine sympathie mutuelle. C'est le genre de personne qui vous offre une tasse de thé et vous héberge tout un mois si vous traversez une mauvaise passe. C'est rassurant et je ne connais pas beaucoup de gens comme ça.

Quoi qu'il en soit, ce soir-là, dès qu'elle m'a aperçu elle a crié taïaut et traversé la salle au pas de charge.

« Quel plaisir de voir un visage sympathique ! s'est-elle exclamée. Tout le monde ici a l'air ronchon.

Même vos tableaux. C'est vrai, ils paraissent aussi peu à leur place ici que moi ! »

En plein dans le mille. Elle avait une intelligence intuitive qui dépassait de beaucoup la mienne. Elle voyait, commentait, ne laissant jamais le processus analytique altérer sa première réaction. C'était une sorte d'impressionniste de l'esprit, pour ainsi dire. Elle lançait en toute innocence des saillies lumineuses qui laissaient pantois dans ce milieu si intellectuel. Je crains, cependant, que ce soir-là sa sagacité n'ait pas été appréciée à sa juste valeur, ses paroles m'ayant produit l'effet d'un coup de poing dans le ventre. Soudain je ne faisais plus partie d'un groupe de peintres progressistes enthousiastes, de l'avant-garde artistique… J'étais devenu un étranger au milieu de la foule, qui ne connaissait qu'une seule personne : une amazone entre deux âges, originaire du Suffolk.

Il me semble que je me suis alors conduit en parfait goujat. J'ai dû la rabrouer sèchement avant de tourner les talons. Mais elle avait raison. Après avoir passé beaucoup de temps à vitupérer les vieilles badernes du monde de l'art, je découvrais brusquement, grâce à toi, que j'étais en passe de les rejoindre. Voilà le sort que tu m'avais réservé.

SAIS-TU QU'AUCUN PEINTRE N'A JAMAIS COMMIS UN MEURTRE DE SANG-FROID ? Aussi loin qu'on remonte dans l'histoire de l'art on ne trouve pas chez les peintres de véritables assassins. Oh ! je sais bien qu'il y a eu des accidents : le Caravage a bien poignardé un homme au cours d'une rixe ; mais cela ne compte guère. Un grand nombre de peintres se suicident. Mais je parle d'un acte délibéré, d'un homicide prémédité. Ça, jamais. Pourquoi donc, à ton avis ? Est-ce parce que nous sommes des créateurs, pas des destructeurs ? Ou parce que – comme le savent tous les gens réellement perspicaces – nous sommes, malgré notre air bravache, des êtres faibles et pusillanimes, plus désireux d'être acceptés et loués que d'assouvir notre vengeance sur autrui ?

Quelle que soit la raison, c'est la pure vérité. Penses-y ! Quel merveilleux argument dans un prétoire ! Imagine que je pousse quelqu'un du haut d'une falaise et que je sois assez malin pour éviter qu'on me voie. Suppose que, malgré tout, la police monte un dossier contre moi. Représente-toi la scène dans une salle d'audience. Journalistes, jurés, juge, avocats, tous ont les yeux rivés sur les témoins. Et moi, debout à la barre, hautain, méprisant, un tantinet extravagant pour rappeler que je suis bohème, mais pas trop, de crainte d'indisposer le jury. Quel discours je pourrais faire, Dieu du ciel ! Oscar se serait incliné devant ma supériorité ; pour une fois, Whistler aurait admis avoir trouvé son maître.

« Pensez-vous qu'un individu, quel qu'il soit, pourrait me distraire de mon art ? Les hommes meurent, l'artiste est un créateur d'éternel. Pensez-vous qu'on ait envie de se compromettre avec l'éphémère ? » Etc. Tu vois la stratégie ? Ce ne serait pas seulement moi, mais tout l'art qui se retrouverait au banc des accusés. Un jury pourrait me déclarer coupable ; je doute qu'il aurait le front de condamner Cimabue, Raphaël, Michel-Ange, Gainsborough ou Turner. Nous formerions bloc, épaule contre épaule. Un pour tous, tous pour un. « Regardez mes œuvres et devinez l'âme qui les anime… Un être dont la vie est consacrée à la recherche de la vérité et de la beauté pourrait-il envisager de commettre un acte violent et sordide ? » J'inspirerais confiance aux jurés. Tu n'es pas la seule personne capable de jouer sur le sentiment d'infériorité des Anglais. Seul un peintre pourrait utiliser une telle stratégie et gagner la partie. Au tribunal, un poissonnier ne pourrait faire valoir que les poissonniers violents ne sont pas légion, même s'il est fort possible, au demeurant, que ce soient des gens fort pacifiques. Mais avec un peintre, ça peut marcher. Et très facilement.

Il est d'ailleurs possible que l'argument soit fallacieux et que les peintres tuent à tour de bras leurs semblables, mais qu'ils soient si doués qu'ils s'en tirent toujours. Je n'ai jamais révélé l'humiliation qu'on t'avait fait subir à propos du faux Gauguin. Je devine qu'il serait aussi aisé de dissimuler un crime. Bien sûr, tôt ou tard, je devrais l'avouer, comme j'ai fini par te dire la vérité sur ton Gauguin. J'en laisserais un compte rendu dans mes papiers, destiné à être lu, un certain laps de temps après mon décès. Il ne s'agirait pas d'une confession mais d'une justification, car mon acte devrait être entièrement justifié.

Mais quel motif pourrait pousser un peintre à tuer ? Les mobiles habituels ne suffisent pas. Jalousie, cupidité, honte, la sainte trinité du meurtre. Ces trois sentiments sont à l'origine de la plupart des crimes, fort banals d'ailleurs. Et l'art ? Pourrait-il être le mobile d'un meurtre ? Une mauvaise idée, vraiment. Qui choisirions-nous pour victimes ? De mauvais peintres ? Il y aurait un bain de sang. Des clients stupides ? Les rues seraient jonchées de cadavres. Un ou deux critiques ? C'est possible, car on ne s'adore pas. Entre un peintre et un critique, il existe, dit-on, la même différence qu'entre un étalon et un eunuque. Mais cela ne nous empêche pas de courir après vous, n'est-ce pas ? De vous inviter à nos expositions. Il faut bien que quelqu'un se salisse les mains, et c'est à vous que revient cette besogne. Nous acceptons même l'idée que vous n'êtes pas là pour promouvoir nos carrières, que vous êtes chargés d'encourager les arts en général, et que nous devrions être capables d'encaisser une mauvaise critique, du moment qu'on n'est pas personnellement visé. Tant que le critique sera l'honnête serviteur de l'art, nous devrons vivre ensemble.

Anderson ne t'a pas tué bien que tu aies détruit sa vie, anéanti ses rêves et fait de lui un marchand de tableaux. Cela lui était impossible : il n'en avait pas le droit et il le savait. Parce que tu avais dit la vérité, même si, non content de lui donner ton avis personnel, tu l'avais critiqué avec malveillance et cruauté. Quels que soient les oracles, pour les Grecs, Delphes était un lieu sacro-saint. La prêtresse n'était qu'une messagère : elle énonçait les paroles d'Apollon, pas les siennes propres. Tel a été ton rôle auprès d'Anderson. Était-ce ta faute s'il était nul ? Il t'a détesté, à juste titre, parce que tu y avais pris plaisir, et non parce que tu avais dit la vérité. Tu étais parfaitement protégé par une armure sans défaut. Tant que tu la portais, tu étais invulnérable.

Mais que se passerait-il si tu perdais cette protection ? Si c'était toi, et non plus l'art, que ta sévérité et ta férocité défendaient ? Si tu te mettais à couler de bons peintres et à en encourager de médiocres pour favoriser ta propre carrière ? Des hordes de peintres en colère se dirigeraient-elles alors vers ta demeure pour défoncer ta porte et se faire justice ? Impossible d'imaginer une telle scène, car comment déterminer à quel moment tu te serais mis à mentir ?

Aucun meurtre ne serait donc envisageable ; pas dans ces conditions, en tout cas. Dommage, en un sens, cela procurerait une sensation particulière. Un geste qui, de nos jours, n'est pas très respectable, mais que tous les âges précédents ont vénéré comme l'une des activités humaines les plus nobles. Aujourd'hui, seuls les gouvernements tuent, et ils sont devenus particulièrement efficaces dans ce domaine. Seuls les hommes politiques savent ce que l'on ressent lorsqu'on prend une vie humaine, ce qui, tu dois le reconnaître, est dommage pour la peinture, puisque tant de tableaux ont trait à la violence ou à la mort. Comment représenter ce dont on n'a pas fait l'expérience ?

QUAND JE FAIS TOUTES CES REMARQUES NARQUOISES sur les Français, ce n'est pas pour les dénigrer, vois-tu. C'est très bien d'être français, c'est le *faux Français** qui m'exaspère. J'ai passé du bon temps à Paris, le lieu de ma libération. Pas en tant que peintre, car non seulement je n'y ai pratiquement rien appris, mais j'ai mis des années à me débarrasser du peu que j'y avais acquis. Mais en tant qu'homme ç'a été un moment fondamental. J'y suis arrivé nerveux, timide, mal dans ma peau, et en suis revenu… moi-même. Roulant des épaules, bombant le torse sur la scène anglaise, claironnant ma gloire. Je suis devenu un excentrique, comme il sied à un peintre. Il ne s'agissait que d'un spectacle, mais le résultat a été plutôt concluant. Certains me détestaient, me traitaient d'imposteur ou d'imbécile, d'autres me trouvaient amusant. Mais je ne passais pas inaperçu et, dans le monde actuel, être remarqué constitue la clef du succès. C'est bien plus important que de posséder un réel talent. Il faut s'imposer, attraper le public par la peau du cou, bien le secouer et hurler dans sa petite oreille provinciale : « Je suis un génie ! » Si tu cries assez fort et assez longtemps, on finit par te croire. Une fois ce fait accepté par le public, une bonne peinture devient un chef-d'œuvre et un tableau raté, une expérience hardie. Ayant constaté cela à Paris, j'ai appris à hurler.

Tu as assisté à ma métamorphose et tu l'as guidée. Je me rappelle le moment où j'ai enfin compris la règle du jeu. On était un petit groupe de rapins à se retrouver pour bavarder dans un bistrot, à deux pas de l'atelier. Les yeux fatigués d'avoir fixé la toile, on était reconnaissables à nos ongles crasseux, noircis, à nos mains multicolores, à l'odeur de peinture et de térébenthine qui flottait autour de nous. Conversation bruyante, passionnée, après une rude journée, car nous étions sérieux. On travaillait dur : huit, dix, parfois douze heures par jour en été, on s'efforçait d'apprendre le métier et de s'armer pour les batailles à venir, lorsque arriverait le moment de l'exercer pour de bon.

Je ne me rappelle pas qui était présent. Sans doute Rothenstein, qui, très collet monté comme à l'accoutumée, devait faire ses commentaires désobligeants d'un ton pincé et jouer les rabat-joie en nous intimant de réfléchir à ses propos. McAvoy, peut-être, avec son habitude déconcertante de lancer une remarque qui n'avait rien à voir avec le sujet de la discussion. Evelyn n'était sûrement pas là puisque, chaque soir, elle rentrait chez elle après avoir ramassé ses affaires. Elle restait toujours à l'écart, ne faisait partie d'aucun groupe. On buvait et je supportais mal l'alcool, mon sang puritain n'y étant pas habitué. Il ne m'en fallait pas beaucoup : après deux verres j'étais complètement soûl alors que les autres gardaient l'esprit clair. Ne retenant plus ma langue, j'ai lâché une belle idiotie, quelque chose que je n'aurais même pas osé penser à jeun.

Je ne sais plus de quoi il retournait, mais je me rappelle le principe : il suffit de prendre n'importe quel artiste majeur et de souligner une faiblesse, réelle ou imaginaire. On se grandit en rabaissant quelqu'un de plus important que soi. C'est la tactique du critique. De quoi donc s'agissait-il au juste ? Manet serait un grand peintre s'il savait maîtriser son trait ? Le manque de composition chez Rembrandt nous interdit de le considérer comme un véritable génie ? La faiblesse de Raphaël, c'est de n'avoir jamais possédé le sens de la couleur d'un Vénitien ? Quelque absurdité de ce genre. Et, à ma grande surprise, j'ai vu certains approuver du chef sans oser faire remarquer que je disais manifestement des idioties. Non pas parce qu'ils étaient d'accord avec moi, mais parce que j'avais parlé avec une grande véhémence. On me laissait dire des âneries, on m'y encourageait même. J'étais devenu majeur.

J'avais honte de moi et encore plus de ceux qui ne m'avaient pas remis à ma place, mais c'était une marque de pouvoir, et l'artiste que je suis devenu est né à ce moment précis. J'ai appris à m'imposer aux autres, à les harceler, à leur assener mes convictions et, ce faisant, à me persuader moi-même. Je suis devenu un mufle et j'ai découvert que les gens accouraient vers moi, qu'ils voulaient être bousculés ou, à tout le moins, me voir en maltraiter d'autres.

Sauf, bien sûr, la prude petite Evelyn, qui n'avait pas assisté à ma naissance artistique dans le bistrot. Je l'ai sortie un soir dans Paris. Elle se sentait seule et j'ai décidé qu'elle était mûre pour subir un assaut. J'attaquerais, la réduirais à quia et remporterais une grande victoire. Qui était-elle, après tout ? Je voulais exercer ma nouvelle personnalité sur une proie facile, et Evelyn paraissait le cobaye idéal. J'étais même prêt à dépenser de l'argent, alors que ma pingrerie allait bientôt établir ma réputation. N'est-il pas étrange de constater que les autres se sentent nos débiteurs s'ils payent l'addition au restaurant ?

Nous ne sommes pas allés dans un restaurant chic, ce soir-là, mais dans un *bouillon** que j'affectionnais, car situé dans le Paris du peuple où on ne rencontrait même pas de peintres anglais. Pas de nappe, serveurs encore plus frustes que les clients. L'endroit était surtout fréquenté par des hommes qui, ne pouvant faire la cuisine chez eux, mangeaient là *en pension** et gardaient leur couteau dans leur propre étui en bois près de l'entrée. Je fréquentais un grand nombre de ces bistrots, mais mon favori se trouvait à Bercy, où l'on pouvait s'asseoir près des négociants en vins et se régaler de leur accent bourguignon ou bordelais. L'endroit empestait le vin suri et la sueur que dégageaient les vêtements des clients, mais la nourriture n'était pas mauvaise et le vin était souvent meilleur que celui servi dans beaucoup de bons restaurants. Il n'y avait jamais de femmes, seulement des hommes.

Cela faisait partie de mon plan d'intimidation, bien sûr. Je pensais qu'Evelyn serait si effrayée de se trouver dans cette atmosphère violente et hostile qu'elle serait obligée de se blottir contre moi. Je deviendrais son protecteur, et, une fois ce rapport instauré, tout le reste coulerait de source.

La soirée a commencé sous les meilleurs auspices : Evelyn avait mis ses plus beaux habits pour l'occasion. Elle n'était pas élégante, bien entendu, puisqu'elle ne possédait aucune toilette chic. Ses vêtements, simples et confortables, de coupe presque masculine, étaient sauvés de la laideur par une touche de couleur ou quelque colifichet. Elle parvenait à rendre charmante une fleur artificielle fixée dans ses cheveux ou distingué un collier de pacotille. Sa façon de disposer ces objets sur son corps suggérait une sensualité d'autant plus mystérieuse qu'elle était soigneusement dissimulée. Comme si elle souhaitait révéler un indice, sans oser vraiment. Voilà pourquoi elle donnait cette impression de réserve et de décence, jusqu'à ce qu'on la connaisse bien et qu'on découvre qu'il n'en était rien.

Je n'avais pas compté qu'elle aurait ce réflexe typique de la petite bourgeoise anglaise : le sentiment de supériorité qui permet d'affronter n'importe quel milieu hostile. Elle était issue de cette catégorie de femmes qui ont bâti l'empire et qui peuvent naviguer sur des eaux bien plus inamicales d'une fête de charité ou d'un thé à Park Lane et s'en tirer indemne. Une cinquantaine de Français costauds et éméchés ne les impressionnent guère. En fait, le défi a fait sortir Evelyn de sa coquille. Sa timidité naturelle s'est dissipée et elle a joué un rôle qu'elle maîtrisait à la perfection. Une fois installée à sa table, elle a immédiatement demandé à son voisin – un énorme Parigot à la mine revêche qui aurait pu la broyer dans son énorme patte – s'il aurait la bonté d'éteindre sa cigarette.

Il y a eu un silence pesant. Un client a gloussé mais s'est tu sur-le-champ lorsque, arquant légèrement un sourcil, elle a fixé sur lui un regard glacial. La cigarette a été jetée par terre et écrasée sous le talon d'une énorme botte. La conversation a repris et maintenant qu'Evelyn s'était établie comme l'hôtesse de notre petite table, elle y a trôné le reste de la soirée, acceptant les compliments avec grâce et s'amusant beaucoup. Toutes les cinq minutes, nos nouveaux amis nous offraient un autre verre de vin, puis les marchands de cognac se sont mis de la partie et, sous l'impulsion de la force irrésistible de la convivialité, un flot d'eau-de-vie nous a submergés. Evelyn parlait le français beaucoup mieux que moi. Je suis devenu son compagnon, toléré parce que j'étais avec elle, et non le contraire.

Le dénouement était prévisible. Evelyn aurait pu faire rouler sous la table un débardeur. Elle descendait d'une longue lignée de grands buveurs et l'alcool semblait n'avoir aucune prise sur elle. Tu te rappelles l'effet qu'il produit sur moi. Mon plan avait échoué. Humilié, démasqué, je savais qu'elle avait deviné mon petit jeu. Elle a été presque obligée de me porter pour sortir du restaurant. Quand, dans ma confusion, je me suis jeté sur elle, elle s'est discrètement écartée et je me suis affalé sur le sol. J'ai mis un certain temps à me redresser et lorsque je me suis retourné j'ai vu qu'elle me regardait, assise sur une pierre, comme si j'avais six ans et que je venais de renverser du chocolat sur le tapis de haute laine. Ayant réussi, je ne sais trop comment, à me raccompagner chez moi, elle m'a laissé appuyé au chambranle de la porte. On avait à peine échangé un mot de toute la soirée. Tandis qu'elle bavardait, j'avais peu à peu sombré dans une dépression d'ivrogne.

« Écoutez, Henry MacAlpine, a-t-elle déclaré en me quittant, puisque vous supportez mal l'alcool vous devriez vous abstenir d'en boire. Cela ne vous fait pas paraître sous votre meilleur jour. » Elle m'a ensuite affectueusement tapoté l'épaule avant de s'éloigner.

Ç'a été la fin de l'aventure. Ça te fait rire. Soit. Aujourd'hui, moi aussi, cela m'amuse, même si à l'époque je n'ai pas du tout trouvé ça drôle. Toi, tu aurais sans doute su éviter ce genre de déconvenue. Il est vrai que tu ne connais absolument pas l'humiliation. Tu ne sais pas ce que c'est qu'assister à la révélation publique de ses faiblesses et de sa bêtise, être traité avec douceur quand on mériterait d'être tourné en ridicule. En ce domaine, j'ai un avantage sur toi, car nous, les Écossais des Basses-Terres, sommes des experts en la matière. Nous prêtons le flanc à l'opprobre, nous l'encourageons presque et l'accueillons avec soulagement. Cela prouve que Dieu nous surveille, que, jour après jour, Il nous juge.

Peu importait qu'Evelyn ait été la seule personne à me traiter de la sorte. Il existait au monde quelqu'un qui lisait clair en moi et m'empêchait de croire totalement à ma nouvelle identité. Aussi longtemps que j'en garderais le souvenir, je saurais que le peintre Henry MacAlpine était un imposteur qui se mettait en scène pour vendre des tableaux médiocres à un public de jobards.

Je veux dire par là que j'avais une excellente raison de détester Evelyn. Si ç'avait été le cas, j'aurais pu (le jour venu) comparaître devant Dieu, la main sur le cœur, et me justifier. Elle m'avait blessé deux fois dans mon *amour-propre**. Elle m'avait humilié, m'avait pris en pitié, m'avait repoussé. Et chaque fois, elle avait agi avec bonté. Des guerres ont été déclenchées pour moins que cela.

Avec toi, elle ne s'est jamais comportée ainsi. Elle a toujours été distante mais polie. Elle était trop réservée et trop ignorante des usages du monde pour que tu lui accordes de l'attention.

Alors, comment se fait-il que tu la haïssais et pas moi ? N'est-ce pas là un vrai mystère ?

LORSQUE JE REVOIS CETTE ÉPOQUE de mon poste d'observation privilégié au bord de l'immensité de l'océan Atlantique, je comprends qu'Evelyn t'avait irrité dès l'instant où tu l'avais aperçue à l'académie Julian. Quelque chose dans sa détermination, dans sa résolution t'agaçait. Elle suivait déjà son propre chemin, étudiant avec sérieux ce qui l'intéressait sans se soucier de ce que les autres faisaient. Elle avait décidé de s'essayer à la lithographie, la forme d'art la moins cotée. Selon toi, ce n'était guère plus reluisant que d'être un imprimeur crasseux qui fabrique les catalogues d'articles pour les grands magasins. Tu ne devinais pas alors que la génération suivante des peintres français – tes contemporains, ceux qui ont fait ta réputation – allait, à son tour, découvrir la lithographie et en tirer de beaux effets. Elle non plus, d'ailleurs, car cet aspect l'indifférait au plus haut point. Ce qui la fascinait, c'était la possibilité de dessiner directement sur un morceau de pierre calcaire et de voir le résultat produit.

Elle s'est donc rendue chez l'un de ces imprimeurs que tu méprisais tant et s'est placée sous sa coupe durant plusieurs mois, comme s'il avait été Rubens lui-même. Il savait des choses qu'elle souhaitait apprendre, et elle était si sûre de son talent qu'elle ne jugeait pas indigne de devenir l'apprentie de simples artisans. Et, mon Dieu ! elle a appris beaucoup plus que nous tous. L'en as-tu respectée davantage ? Bien sûr que non. Et moi ? Pas du tout. Je t'ai suivi, oubliant que ces gens souvent très compétents sont de très bons pédagogues. J'avais moi-même été artisan, après tout. Ces hommes avaient été des maîtres pour moi, et de bons maîtres. Or, désireux de laisser tout mon passé derrière moi, d'effacer de ma mémoire l'atelier de Glasgow, je méprisais Evelyn autant que toi.

Peut-être était-ce à cause du manque de distinction et de décorum ? Comment l'imaginer, les mains maculées d'encre, en train de s'évertuer à pousser le lourd rouleau sur la pierre ? Ne serait-elle pas plus à sa place dans un salon ? Et se contenter d'utiliser ses petits muscles délicats pour verser le thé ? Cette mine ravie ne devrait-elle pas être suscitée par la seule joie d'entendre un mari faire une remarque spirituelle ? Évidemment ! Pour avoir ce genre de goût et prendre plaisir à cette sorte d'activité, il fallait que cette femme fût un monstre, une erreur de la nature. Mais le goût et le plaisir étaient réels.

Je me rappelle qu'elle avait disparu pendant quelques jours. Il est possible d'ailleurs que j'aie été le seul à m'en apercevoir. Cela se passait quelques mois après mon humiliation au *bouillon** de Bercy. J'ai fini par me rendre chez elle et ai réussi à persuader la propriétaire – une véritable ogresse – de me laisser monter voir Evelyn. Celle-ci avait la grippe et toussait à fendre l'âme. J'ai même craint que ce ne fût la tuberculose. Heureusement, ce n'était qu'une grosse toux qui, par manque de soins, s'était aggravée en quelques jours. Elle était en piteux état, mais sa fierté l'empêchait d'appeler à l'aide. Sans doute pensait-elle ne pas avoir d'amis et redoutait-elle que personne ne réponde à son appel. Quelle idiotie ! Elle était plus aimée qu'elle ne le croyait. Elle mettait les gens mal à l'aise, soit, mais certains parvenaient à surmonter ce sentiment. Je ne puis dire que la maladie la rendait plus séduisante. La soudaine fragilité et la vulnérabilité de certaines personnes nous donnent envie de les prendre dans nos bras, de les dorloter, de les choyer. Plus d'une femme a piégé un mari en s'évanouissant au bon moment. Ce n'était pas le cas d'Evelyn. La maladie la rendait presque répugnante : son teint était devenu cireux plutôt que pâle et, recroquevillée sur son lit, elle avait l'air d'une drôle de bestiole. Immobile, elle ne possédait aucune grâce naturelle. Empruntée, maladroite, elle avait des gestes saccadés sauf lorsqu'elle tenait un pinceau ou un crayon.

Quoi qu'il en soit, elle pleurait. J'ai d'abord cru que c'était à cause de la maladie – cela ne devait pas arranger les choses, d'ailleurs –, mais la véritable raison était qu'elle n'avait pas pu peindre ou dessiner depuis qu'elle était tombée malade. La veille, elle s'était sentie si désespérée qu'elle avait tenté de s'installer à son bureau près de la petite fenêtre afin de dessiner quelque chose, n'importe quoi. « C'est comme une drogue, m'a-t-elle déclaré. Je deviens folle si je ne peux pas utiliser mes mains. Je n'ai que ça et c'est la seule chose qui me donne envie de sortir du lit le matin. »

Tu comprends cela ? Moi, oui. Tout juste. J'éprouve parfois ce genre de sensation, mais moins douloureusement qu'elle. Pour elle, c'était aussi nécessaire que respirer. Elle étouffait si on l'en privait. Névrose ? Hystérie ? Je n'en doute pas un seul instant. Je suis persuadé qu'une infection de l'utérus se trouvait à l'origine de cet état. Je sais que cette thèse n'est plus très à la mode de nos jours. Peut-être alors la cause en était quelque déséquilibre physiologique du cerveau. Rien auquel la mise au monde d'un bébé ou deux n'aurait pu remédier, assurément. Pourtant, pareille à l'homme qui se traîne jusqu'à une infernale et sordide fumerie et qui, tout en se dégoûtant lui-même, se réjouit secrètement à l'idée de sa pipe d'opium, Evelyn ne souhaitait pas guérir. Elle ne voulait pas qu'on lui ôte sa folie. C'était son plus précieux trésor, sa nature profonde, ce qui la rendait à la fois magnifique et, selon toi, monstrueuse.

Je me souviens qu'à un moment tu as essayé de la convertir, d'en faire une disciple. Puisque Jésus avait accepté Marie Madeleine, il n'était pas indigne de toi d'admettre une femme ou deux dans ton entourage. Elle aurait dû se sentir flattée, je le reconnais. Personne ne mettait en doute l'excellence de ton œil et tu n'as jamais supporté les idiots et les médiocres. Ce choix sera contredit plus tard par ton jugement sur elle, tu sais. Elle ne pouvait pas servir de simple ornement ; tu n'as jamais eu ce genre de faiblesse. Ta vanité exigeait que tu t'entoures des meilleurs. Et tu as tenté d'attirer Evelyn vers toi. Fin de ma plaidoirie.

Tu l'as donc invitée à tes soirées parisiennes pour qu'elle rencontre les gens qu'elle devait à tout prix connaître. Non pas des imprimeurs et leurs protes, mais des hommes puissants et influents. Elle prendrait le thé avec Proust, Oscar Wilde, ou Anatole France. Avec des *salonnières**, des romanciers, des hommes politiques, ainsi que d'autres artistes triés sur le volet. Comment connaissais-tu tous ces gens, d'ailleurs ? Je n'ai jamais percé ce mystère. Comment étais-tu assez sûr de toi pour les inviter et escompter leur présence ? Tu n'étais qu'un petit Anglais prétentieux qui pratiquait assez bien l'art de la conversation. Quelques relations, mais rien d'extraordinaire. Un certain charme, j'imagine. Et tu réussissais à faire croire aux gens qu'ils devaient parier sur ton avenir. J'étais jaloux, bien sûr. Quoi de plus naturel ? Tout était si facile pour toi et si difficile pour moi. J'ai cessé de me rendre ridicule le jour où j'ai compris que la mauvaise humeur et la morosité possèdent aussi un certain attrait.

Quoi qu'il en soit, tu l'as invitée, ainsi que quelques autres candidats à ta protection, pour rencontrer le gratin. Je m'attendais qu'Evelyn soit intimidée, reconnaissante, qu'elle s'efforce un peu trop ostensiblement de produire une bonne impression. Qu'elle trahisse son malaise par les signes habituels : s'asseoir au bord de son siège, parler nerveusement, trop bas ou trop fort. Ne pas dire grand-chose, mais écouter tout le monde avec grande attention. Comme moi lorsque tu m'avais invité.

Elle n'a pas beaucoup parlé, en effet, mais ses propos furent pertinents. Ne fais pas semblant de ne pas te rappeler ce qu'elle a dit à Sarah Bernhardt ; je sais fort bien que ses paroles sont demeurées gravées dans ta mémoire... Elle a déclaré haut et fort que l'opinion de la grande dame sur un tableau était superficielle, et l'a engagée à moins donner son avis et à davantage regarder. Quel crime de *lèse-majesté**, n'est-ce pas ? Evelyn avait été invitée pour admirer, vénérer, non pour traiter ces gens en égaux, encore moins pour les critiquer. Je me souviens encore de l'art avec lequel tu es intervenu pour changer la conversation, montrant ainsi l'aisance avec laquelle tu affrontais les situations les plus délicates.

Je peux également me rappeler la tête de la

Bernhardt : l'expression d'ennui s'était dissipée. Extraordinaire bonne femme, orgueilleuse comme un paon, mais capable de distinguer la louange sincère de la flagornerie. Après tout, c'était une professionnelle : son succès dépendait de son discernement. Elle savait qu'elle avait été démasquée et que la remarque était justifiée. Elle avait pris plaisir à être agressée par cette petite maigrichonne qui rejetait la tête en arrière d'un air de naïf défi et vous regardait droit dans les yeux. Cela relevait la fadeur de son régime habituel : l'adulation perpétuelle ponctuée par les oh ! et les ah ! d'étonnement, de plaisir ou d'admiration qui saluaient la moindre de ses déclarations. Une personne comme Evelyn avait dû lui sembler un verre d'eau fraîche et pure après un après-midi passé à avaler une épaisse mélasse.

Qu'as-tu éprouvé lorsque Evelyn a été invitée et pas toi ? Ne raconte pas d'histoires, tu étais fou de rage. Je te connais trop bien pour croire que tu n'as pas été vexé, surtout lorsque tu as constaté qu'Evelyn ne s'est pas sentie le moins du monde flattée par l'honneur qu'on lui faisait. Elle s'est rendue à l'invitation, a mangé, a « passé un excellent moment, merci ». Elle n'était pas sensible à ce genre de chose, c'est pourquoi elle n'était pas non plus sensible à ta personnalité. Elle ne cherchait pas à fréquenter les gens célèbres. Toi, en particulier, n'avais rien à lui offrir, à part ton entregent, ton talent de politicien pour soumettre les autres à ta volonté. Elle a donc cessé de venir à tes petites réunions. Elle n'avait pas l'intention de t'insulter, tu sais. Elle ne savait pas qu'elle avait commis un crime impardonnable, fait vaciller les bases de ton pouvoir. Tu étais encore plus rejeté que moi.

« Une poignée d'amis, les autres sont des ennemis. »

Telle était ta philosophie de la vie, et Evelyn avait montré qu'elle ne voulait pas être ton amie.

« Mais un tableau fonctionne ou ne fonctionne pas, non ? » a-t-elle demandé après que tu as exposé une première version de ta théorie de l'art, de la modernité, du traitement artistique de la réalité, etc. C'était une condamnation fruste, naïve, mais aussi sans appel du travail de toute une vie, de celui qui permet de donner une complexité et une obscurité aux choses, de rendre mystérieux un plaisir tout simple. Pour Evelyn, seule comptait la relation directe entre le tableau et celui qui le regardait. En art, c'était une protestante qui se passait de truchement, qu'il soit prêtre ou critique.

Sa seule faiblesse était son absolu manque de confiance en soi. Tel est le prix du protestantisme et de l'indépendance. Le souci constant d'avoir à choisir entre le bien et le mal s'estompe quand on le délègue à autrui. Voilà qui explique sans doute l'empressement avec lequel je déférais à ton jugement et pourquoi je suis aujourd'hui un si heureux papiste. Devoir décider par soi-même constitue un horrible fardeau, et le coût de cette liberté est un immense doute.

Je ne m'en suis rendu compte que le jour où j'ai eu une terrible dispute avec elle. Tu l'as instinctivement pressenti et as su où frapper le moment venu. Cela s'est passé longtemps après que nous sommes tous rentrés à Londres, l'un après l'autre, pour le nouveau siècle. J'ai commencé à peindre des portraits et à me mettre en quête de publicité – n'importe laquelle – pour me faire connaître. L'exposition qui acceptait mes tableaux en recevait tout un lot. Toute critique dans la presse était lue avec avidité et conservée comme un trésor. J'envoyais tableau sur tableau à la Royal Academy, mais la plupart d'entre eux étaient refusés. Avec mes gros sabots, je cultivais ceux qui pouvaient, d'une façon ou d'une autre, m'être utiles. J'étais un homme désespéré et c'était ma dernière carte. J'avais pu me persuader jusque-là que j'étais encore jeune et toujours en phase d'apprentissage. Mais j'avais plus de trente ans, et je savais que je ne pouvais plus guère m'améliorer. Allais-je subir le même sort qu'Anderson ? Toute aide serait la bienvenue et je n'étais jamais trop fier pour la solliciter. D'autant plus que tu m'as encouragé dans cette voie en m'affirmant que c'était la seule façon de réussir.

Evelyn n'a rien fait de tout ça. Quand elle est enfin rentrée en Angleterre en 1902, elle n'a repris contact avec personne, a loué un appartement à Clapham, et on ne la voyait presque jamais. J'ai appris qu'elle était revenue presque un an après son retour. Cela m'a beaucoup vexé et j'ai cru que c'était parce qu'elle avait les moyens de s'épargner toutes les petites humiliations que je devais subir. Me rappelant que son père était avocat, j'imaginais qu'il l'entretenait. Comme c'est charmant d'avoir une fille peintre ! Elle ne m'avait jamais dit que ses parents désapprouvaient tellement son choix qu'ils étaient brouillés avec elle et ne lui donnaient pas le moindre sou. Passe encore de peindre, mais en faire son métier ! Elle a renoncé volontairement à tout ce à quoi j'aspirais : maison, argent, confort. Ses seuls repas chauds, elle les prenait dans les gargotes du coin fréquentées seulement par des hommes ou au restaurant lorsqu'on l'invitait. Le peu d'argent qu'elle possédait, elle l'utilisait pour acheter des toiles et des peintures. En jeune fille comme il faut, elle réussissait cependant à plus ou moins sauver les apparences ; elle était trop fière pour tirer gloire de sa pauvreté ou pour jouer les bohèmes. Les choses étaient ainsi, on ne pouvait rien y faire. Il fallait bien la connaître pour remarquer qu'elle portait les mêmes vêtements qu'à son arrivée à Paris, ou pour noter le discret ravaudage couvrant une partie élimée ici ou dissimulant un petit accroc là. Elle et moi nous engagions dans des directions opposées.

Je ne sais vraiment pas comment elle supportait ce mode de vie. À sa place, j'aurais dépéri. C'est très bien d'être marié à son art, mais il faut que quelqu'un le remarque. Quelqu'un doit nous encourager, apprécier notre travail, ou acheter nos œuvres. Personne n'est souverainement sûr de son art au point de pouvoir se passer d'applaudissements, même s'ils sont maigres et rares. Or Evelyn ne montrait pas souvent ses tableaux et n'en vendait presque jamais. Je n'avais pas vu la moindre de ses œuvres depuis plusieurs années. Elle était totalement inconnue, oubliée par la plupart des gens qu'elle avait fréquentés à Paris, et personne d'autre ne la prenait au sérieux. Rares étaient ceux qui savaient qu'elle était peintre. Cela ne paraissait pas l'affecter ; en fait, elle semblait s'en réjouir. C'est vers cette époque que j'ai découvert cette étincelle dans ses yeux, une assurance qui ressemblait presque au bonheur, que je ne lui avais jamais vue à Paris.

Elle n'encourageait pas les visites. En général, on se donnait rendez-vous au café, quelquefois dans mon atelier. Environ cinq ans plus tard j'ai eu besoin de la retrouver. Ayant vendu un tableau à la comtesse d'Armagh, j'avais une impérieuse envie de fêter l'événement avec quelqu'un. Je projetais de dépenser une partie de la somme et de l'emmener dîner dans un bon restaurant. Elle avait besoin d'un repas nourrissant et moi de compagnie. C'était l'un des rares peintres de ma connaissance capables d'écouter mes vantardises sans impatience ni jalousie. En outre, je comptais sur elle pour me ramener sur terre lorsque les fanfaronnades deviendraient pesantes en me demandant si le tableau vendu valait vraiment la somme payée.

J'ai donc pris un fiacre pour me rendre à Clapham – je devais vraiment me sentir plein aux as – et je suis descendu devant sa porte. Quel choc ! Elle habitait une maison encore plus sordide que celle de Jacky, où régnait un froid absolument glacial. Elle était sortie, mais, comme il faisait quand même plus froid dehors que dedans, sa logeuse, une femme sympathique, m'a permis d'attendre dans la chambre d'Evelyn. La pièce – tout en haut du bâtiment où flottait une forte odeur de bouillon de légumes et d'encaustique – était minuscule et contenait un minimum de meubles : une cheminée, un lit, une table et une chaise. Un lustre central extrêmement orné, suspendu au centre du plafond par un énorme crochet, constituait l'unique source de lumière. Dieu seul sait par quel hasard il s'était retrouvé là. Il n'y avait rien d'autre dans la chambre à part des tableaux : des dizaines de tableaux, tous entassés contre le mur, des piles de feuilles de papier sur le bureau et, sur le sol, des boîtes de peinture et des flacons de dissolvant. L'attirail habituel, mais en quantité impressionnante.

Je me suis mis à regarder les tableaux. Bien sûr... Qui n'aurait pas agi ainsi ? Je l'ai fait sans même réfléchir. Tous les peintres qui venaient dans mon atelier de Hammersmith passaient en revue mes toiles pour voir sur quoi je travaillais. J'agissais de même quand j'allais chez eux. L'indiscrétion est le puissant moteur de l'art. Pense à Raphaël se faufilant dans la chapelle Sixtine pour voir ce que peignait son grand rival. J'ai été étonné par ce que j'ai vu dans la chambrette d'Evelyn, vraiment. Tu n'étais pas là pour m'orienter et je n'avais vu aucune de ses œuvres depuis longtemps. Elle était parvenue à une simplicité remarquable. L'un de ces tableaux m'a particulièrement marqué : il représentait sa petite chaise de rotin placée contre la fenêtre. C'était tout, il n'y avait rien d'autre, mais la scène était charmante, à la fois chaleureuse et désolée, un mélange de confiance et de désespoir, simple et subtil. Le mélange de sensations et de sentiments opposés était éblouissant. De plus, le tableau était minuscule – pas plus de vingt-cinq centimètres de large. Aussi près de la perfection que possible. Elle avait saisi l'esprit d'un Vermeer et en avait fait quelque chose de tout à fait moderne. Ravissant.

J'étais en train de l'admirer quand elle est entrée. J'ai oublié sur-le-champ la chaise en rotin. Elle était absolument furieuse contre moi ; je ne l'avais jamais vue hors d'elle. Rien n'avait jusqu'alors eu raison de ses manières de jeune fille bien élevée qui nous la faisaient si aisément sous-estimer. « Comment osez-vous fouiller dans mes affaires ? Pour qui vous prenez-vous ?… » Tel un torrent d'une force effrayante, sa rage me submergeait ; d'autant plus que sa réaction était tout à fait inattendue.

Elle poursuivit de plus belle. Elle était profondément blessée, mais elle était surtout terrorisée. Comme elle s'affairait, ramassant les quelques tableaux que j'avais regardés, les rempilant avec soin, face contre le mur, afin qu'on ne puisse voir ce qu'ils représentaient, je me suis soudain rendu compte qu'elle était gênée. Je me suis dit qu'elle craignait que je me moque d'elle parce qu'elle avait peint une chaise. Grand Dieu ! rien n'était plus éloigné de mon esprit. Mais elle a repoussé toutes mes tentatives pour la rassurer et refusé toutes mes excuses. La colère la mettait au bord des larmes. On aurait dit que je lui avais fait des propositions malhonnêtes. De son point de vue, c'était sans doute le cas, plus encore qu'à Paris. J'avais violé son intimité et découvert ses faiblesses : elle se mettait tout entière dans ces tableaux et avait peur de ce que les autres pourraient y lire. Comme j'aurais voulu en voir d'autres, surtout ceux qu'elle aurait refusé de me montrer !

Elle m'a jeté dehors et, pour obtenir son pardon, je me suis confondu en plates excuses dans une longue lettre. Elle a quand même refusé de m'adresser la parole pendant des mois, et ensuite, elle n'a plus jamais voulu reparler de l'incident lorsque j'ai tenté à plusieurs reprises de l'évoquer.

« À quoi cela sert de peindre ces fichus tableaux si personne ne les voit jamais ? lui ai-je une fois demandé.

— Ils ne sont pas prêts. Ils ne sont pas assez bons, et je n'ai pas envie d'en parler… »

Finalement, elle a été contrainte de prendre une décision. Je l'y ai forcée. Les dirigeants de la galerie Chenil lui ont offert d'exposer ses tableaux, surtout parce que j'avais piqué leur intérêt en chantant ses louanges. Ils ont décidé de courir le risque d'inviter une femme dont ils n'avaient même pas vu la peinture. Tu peux imaginer à quel point j'ai été rempli de fierté de constater que j'avais un tel pouvoir. Bien sûr, une autre raison avait motivé leur choix. La galerie avait voulu présenter les œuvres d'Augustus John, mais celui-ci s'était décommandé parce que les dates coïncidaient avec celles de ta grande exposition des post-impressionnistes. Il avait été extrêmement vexé de ne pas avoir été invité par toi, mais il était assez intelligent pour prévoir que le scandale que tu allais susciter rejetterait tout le reste dans l'ombre. Les murs de la galerie Chenil risquaient donc de rester vides durant quinze jours. Une petite exposition par un peintre inconnu, qui ne serait pas considérée comme un échec si elle ne recevait pas beaucoup d'attention, ferait parfaitement l'affaire.

Evelyn a hésité, parce qu'elle savait ce que signifiait son accord : elle cessait de faire semblant de mépriser l'opinion d'autrui. Lorsqu'on expose, on indique qu'on se soucie de l'avis des autres. Qu'on veut leur plaire. Et pour cela, on sort de l'anonymat et on encourage les commentaires, favorables ou déforables. On ne peut continuer à prétendre qu'on ne cherche qu'à se faire plaisir. On signe un pacte avec le diable.

J'ai fait pression sur elle, je l'avoue, et pas pour son bien personnel. Je me préoccupais de ma propre réputation. Se fondant sur ma recommandation, John Knewstub, qui travaillait à la galerie Chenil, a pris contact avec Evelyn. En outre, les deux ou trois tableaux que j'avais vus était réellement bons. Sacrément meilleurs que la plupart des trucs qu'on expose. Ils réclamaient l'attention, demandaient leur chance. Il eut été cruel de les garder enfermés. Les tableaux sont des créatures de plein air, ils ont besoin de respirer ; seul l'intérêt qu'on leur porte les empêche de se faner. Entassés dans le sous-sol d'un musée, d'une galerie d'art ou tournés vers le mur d'un atelier, ils s'étiolent. Ce n'est pas ainsi qu'ils existent.

TU AS RÉUSSI À TE METTRE À DOS TOUS LES HABITANTS de l'île, tu sais. Il y a eu des allusions. Le prêtre m'a demandé quand tu repartais. Un pêcheur a haussé le sourcil. Les

Houatais sont des gens discrets : ils ne parlent que s'ils ne peuvent pas se faire comprendre autrement. J'ai essayé de deviner ce que tu avais fait pour les irriter, avant de conclure que ta seule présence suffisait sans doute, même si ton refus de courtiser le père Charles a dû y être pour beaucoup. Es-tu un personnage si important que tu n'acceptes pas de donner une demi-heure de ton temps pour faire bonne impression ? Le dédain qui est très efficace dans une capitale ne sert pas à grand-chose ici. Ils ne te demandent pas de lier conversation, de t'intéresser à leur vie, de chercher à entrer dans leurs petits papiers. Ce serait une erreur de leur offrir un verre, c'est à eux de le faire, pas à toi. Ils savent discerner la sympathie de la condescendance, avant même qu'on mette le pied sur leur débarcadère. J'ai dû attendre près de un an pour que ma patience soit récompensée par un signe de tête de la part d'un passant croisé dans la rue ou un vague commentaire sur le temps. Même si je restais encore vingt ans, ils se méfieraient toujours de moi. Ils sont pauvres, très peu instruits dans l'ensemble et très simples selon tes critères et les miens. Mais tu ne dois pas commettre l'erreur de les prendre pour des gens insignifiants et j'ai peur que ton habitude de t'isoler du monde, ta façon de regarder les êtres comme s'ils se trouvaient dans un cadre tarabiscoté n'a guère plu ici. Au lieu de les intimider, de leur inspirer une certaine crainte, de les déconcerter et de les amadouer, cela a produit l'effet inverse. Ils sont fiers et têtus, et ils ont besoin qu'on leur fasse la cour.

Ils *méritent* qu'on leur fasse la cour, devrais-je dire, parce que, contrairement à toi, ils sont capables de vivre sur cette île. Ils ne te feront aucun mal, bien sûr, tu n'en vaux pas la peine. Mais tu ne pourras jamais solliciter aide ou secours auprès d'eux. Quand tu voudras regagner le continent, je devrai te servir d'intercesseur, sans cela tu découvrirais qu'aucun bateau n'est disponible. C'est sur ma demande que tu es nourri et logé, autrement tu mourrais de faim sur la grève. Si tu tombais malade ou te blessais tu ne serais soigné que sur ma requête. Ici tu es seul et tu n'as aucun ami. À part moi. Ce n'est pas la peine de t'inquiéter. J'essaie seulement de te mettre en garde et de te rappeler que ta loi ne s'applique pas partout. Ton royaume ne s'étend que de Chelsea à Oxford Circus. Passé ces frontières tu ne détiens aucun pouvoir et tu dépends de la bonne volonté d'autrui.

T'ai-je jamais parlé du moment où j'ai décidé de devenir peintre ? Où je me suis rendu compte que c'était ma vocation ? Je me trouvais dans l'atelier de dessin de Glasgow, durant ma troisième année d'apprentissage. Tu ne t'intéresses pas à ce genre de chose, je le sais bien, mais il y régnait une bonne ambiance et je n'étais pas malheureux. Mon père avait décidé de se débarrasser de moi : il était temps que je « gagne ma vie », selon ses propres termes. Autrement dit, il fallait que j'apprenne un métier, et il est assez révélateur qu'il ait choisi le meilleur. Malgré son apparente absence d'intérêt pour moi et son caractère dur et impitoyable, il pouvait montrer de la sollicitude envers ses enfants. C'est l'une des rares personnes qui m'aient jamais manqué. Un père moins attentionné aurait pu m'envoyer en apprentissage dans un chantier naval pour que je devienne chaudronnier ou dans une banque pour apprendre la comptabilité. Cela aurait coûté moins cher et le résultat aurait été moins aléatoire. Ce genre d'endroit m'aurait tué. Je n'exagère pas. Je veux simplement dire que j'y serais resté, car je n'aurais jamais eu le courage de partir. Le jour venu, on m'aurait offert la montre en or, puis j'aurais quitté ce monde, point final.

Mais il m'a envoyé dans un atelier de dessin à la place et j'y ai travaillé jusqu'à ma vingt-troisième année. J'en étais mentalement absent durant les deux dernières années, car je passais toutes mes soirées libres à l'école des beaux-arts, et la journée, je rêvais d'un destin plus glorieux. Peu importe... Mon épiphanie eut lieu au travail, alors que je n'avais pas encore dix-sept ans. On m'avait confié l'illustration d'une boîte à biscuits en métal qui devait représenter des dames élégantes en train de prendre le thé dans un salon, avec des valets en arrière-plan. Une scène aux vives couleurs, joyeuse, ensoleillée. Dès qu'on goûterait au contenu de la boîte, on mènerait la grande vie ; on ne serait plus dans la maison mitoyenne coincée dans une petite rue d'une banlieue industrielle crasseuse. Tel serait le message de ma boîte, lequel serait claironné sur des milliers et des milliers des meilleurs sablés pur beurre de MM. Huntley et Palmer. J'y travaillais d'arrache-pied depuis des jours quand soudain le temps s'est arrêté. À environ onze heures et quart, par une froide matinée de novembre. Lorsqu'il s'est remis en marche, la boîte était terminée. Mes dames respiraient, on humait l'odeur du thé tout frais, le soleil entrait à flots par les larges fenêtres, le feu dans la cheminée dégageait une chaleur qui vous réchauffait.

C'était, oserais-je le dire ? un chef-d'œuvre. Le premier de ma main et peut-être le seul. Cela n'a pas tellement d'importance, mais pour la première fois, j'ai compris ce qu'était la prière. Non pas les sinistres supplications auxquelles je me prêtais chaque soir, au pied de mon lit, mais une véritable communion. Mon esprit, mon corps et mon âme étaient engagés dans le même processus. Ils étaient en totale harmonie. Ç'a été un moment privilégié, qui a peut-être duré deux heures, et quand j'ai eu fini, mes yeux me brûlaient, mon dos me faisait mal et, d'avoir si longtemps tenu le pinceau, je souffrais d'une si forte crampe dans les doigts que j'ai dû les saisir et les redresser avec l'autre main. Mais j'étais plus heureux que je ne l'avais jamais été de toute ma vie.

Et personne à qui en parler. Personne dans l'atelier ni à la maison ne pouvait comprendre. Or j'avais changé du tout au tout. Mes jours comme dessinateur et peintre commercial étaient comptés. Je savais désormais la différence entre peindre et créer, connaissais la joie de faire quelque chose si parfaitement que tout le reste prenait du sens. Si, si. Je vois ton sourire. Une boîte à biscuits métallique... Mais ne comprends-tu pas ? C'était une boîte *parfaite*. La plus parfaite boîte à biscuits jamais créée. La plus harmonieuse boîte à biscuits jamais imaginée auparavant par l'esprit de l'homme. Par rapport à la taille de la boîte, l'illustration possédait des proportions idéales. Les personnages incarnaient la quintessence des biscuits eux-mêmes, les couleurs étaient un condensé de l'ensemble, s'accordant parfaitement avec la composition. Et j'étais l'auteur de cette œuvre ; mes yeux, mes mains et mon cerveau avaient travaillé de concert, sans la moindre dissonance.

Ils ont été enchantés du résultat. Toutefois, je n'ai pas reçu la prime de un shilling espérée, parce que je n'avais pas respecté les directives. Quatre personnages en train de prendre le thé, m'avait-on indiqué ; or je n'en avais représenté que deux, parce que cela suffisait. Quatre aurait été beaucoup trop, cela aurait déséquilibré la construction. Ils ont simplement cru que j'avais voulu m'épargner de la peine... Alors, pas de shilling ! Mais peu m'importait car, vois-tu, je savais que c'était de la belle ouvrage, et voilà désormais tout ce qui comptait. À ce moment-là, je me fichais réellement de l'opinion des autres.

Un peintre est précisément ceci : un être qui prie avec son pinceau. Ce que le critique ne pourra jamais faire ni même comprendre. Depuis, j'ai cherché à retrouver l'instant de paradis goûté dans cet atelier froid et bruyant. J'ai passé le reste de ma vie à le pourchasser, réussissant presque parfois à l'attraper, mais échouant le plus souvent. Car, dans l'ensemble, je ne me suis guère distingué des compagnons que j'ai quittés. Ils produisent des boîtes à biscuits ; moi, j'ai débité des portraits de riches femmes du monde. Quelque part en chemin, j'ai perdu mon innocence.

MON ÉVOLUTION T'A ÉCHAPPÉ COMPLÈTEMENT. Tu croyais que je voulais fuir mon passé, le rejeter une fois pour toutes et me délecter de l'air vivifiant du monde cosmopolite ; me débarrasser de la mesquinerie débilitante et du carcan étouffant de la société écossaise. Ce n'était pas le cas ; pas tout à fait. Tu as cru que mon parcours – après notre rencontre – m'avait fait progresser, que j'étais devenu un artiste et un être humain à part entière. Mon triomphe était d'autant plus grand que je n'avais pas permis à l'Écosse de m'anéantir. Rien n'est jamais aussi simple, hélas !

Laisse-moi t'expliquer. Je t'ai souvent parlé de mon réveil à cinq heures chaque matin dans le taudis glacial de Gorbals où je logeais et de mon départ pour l'atelier, une tranche de porridge séché dans la poche en guise de déjeuner ; du travail abattu, des engelures aux doigts en hiver, sans voir la lumière du jour six mois par an, de sept heures du matin à sept heures du soir, six jours par semaine, avec quatre jours de vacances par an.

Je produisais à la commande des dessins d'allu-chons, d'engrenages, de boîtes à gâteaux, d'affiches, des plans d'architecture... Je savais très rarement à quoi et à qui ils étaient destinés. Sinistre, triste à pleurer, n'est-ce pas ? Eh bien, non ! Pour toi, bien sûr, puisque tout cela est très différent de ton expérience, et j'avoue que j'avais voulu lui donner la tournure la plus sordide possible. À ce moment-là, je souhaitais te ressembler, sentir et penser comme toi. Mais je ne disais pas vraiment la vérité. Je ne revois pas du tout cette époque de ma vie en frissonnant.

Même le travail pour les magazines londoniens avait ses bons côtés, bien que ce fût dur et affreusement mal payé. Rester planté une journée entière devant l'Old Bailey pour entrapercevoir un homme accusé de meurtre afin que mon croquis puisse en rendre compte, déformer les visages pour qu'ils aient l'air dûment patibulaires, voilà un bon apprentissage pour un portraitiste aux tendances impressionnistes. On travaille vite, on n'a pas le temps d'avoir des vapeurs esthétiques. Un rapide coup d'œil, puis, dans l'omnibus qui vous ramène au bureau, on esquisse un croquis à la va-vite ; dix minutes pour le fignoler, si on a de la chance, puis on passe à la commande suivante. Personne ne s'intéressait vraiment au résultat final.

Par exemple, un homme accusé d'avoir tué son épouse pour toucher l'héritage ressemblait vaguement au Premier ministre. Par pure curiosité, j'ai fait un croquis représentant exactement Lord Salisbury, avec ses sourcils broussailleux, son grand front bombé et sa grosse barbe touffue. Je l'ai même doté de la redingote de rigueur. « Individu accusé d'agression et de vol », disait le titre de l'article au-dessus de mon portrait du Premier ministre. Je m'attendais à des rires ou à être renvoyé de mon poste. À part mes confrères journalistes, personne pratiquement, ne s'est aperçu de cette facétie. Ces illustrations n'étaient qu'une décoration destinée à rompre la monotonie du texte imprimé. Mon travail ne servait qu'à égayer un peu la page, afin d'empêcher le regard du lecteur de s'égarer par la vitre de l'omnibus.

Ne regrettes-tu pas, toi aussi, l'enthousiasme de la jeunesse désormais disparu ? N'as-tu pas la nostalgie de l'époque où tout était frais et nouveau, quand on ne savait rien, que tout était à découvrir ? Quand la moindre plaisanterie paraissait excellente et la moindre niaiserie délicieuse ?

Peut-être pas... Tu as eu une jeunesse si différente de la mienne... Certes, j'étais plein d'appréhension la première fois où je me suis rendu à cet atelier de dessin de Glasgow, mais en même temps si soulagé de quitter la maison et tout valait mieux que d'y rester. La taille et l'horreur de la grande ville, la solitude, le froid, tout me glaçait le sang. Mais il était passionnant de ressentir la vigueur du monde. Jusqu'à présent, je n'avais jamais éprouvé de telles émotions qu'en moi : seuls le sentiment de culpabilité et la crainte de Dieu et de ma mère m'avaient donné la sensation de vivre aussi intensément.

J'ai rencontré là-bas des gens dont je n'avais jamais soupçonné l'existence : propres à rien toujours à plaisanter et à blasphémer ; soiffards qui, après une bouteille de whisky, étaient capables de faire un bien meilleur travail que la plupart des gens à jeun ; la brute, à l'occasion, mais plus souvent le saint. Je suis devenu leur mascotte, exactement comme je suis devenu la tienne quand j'ai quitté le Nord. Mais la différence, c'est qu'eux n'exigeaient rien de moi.

Ils m'ont aussi servi de maîtres. À l'école, le dessin avait été ma matière forte. Je pouvais dessiner des plans de machines complexes, bien mieux que beaucoup de mes condisciples, mais à mon arrivée dans l'atelier je me suis vite rendu compte de mon outrecuidance car je ne savais presque rien faire. J'ai surtout appris à remettre mon ouvrage cent fois sur le métier.

J'ai commencé à étudier comme jamais.

Et si je méprise souvent les faiblesses techniques des autres, c'est parce que je sais à quel point il est difficile d'en acquérir une bonne. J'ai obtenu la mienne en travaillant d'arrache-pied, du matin au soir, année après année. Cela n'a pas été sans peine, et c'est la seule chose dont je sois réellement fier. Bien entendu, je défends mon adresse contre ceux qui la considèrent comme inutile ou surannée. Pour obtenir le résultat désiré, l'effet précis que l'on recherche, il faut connaître son métier ; autrement, on est comme quelqu'un qui essaie de parler l'anglais avec un vocabulaire restreint. Sans la parfaite maîtrise du langage, on ne dit que ce qu'on peut et non pas ce qu'on *veut* exprimer. C'est ainsi qu'on emprunte le chemin de la malhonnêteté : on persuade les autres, puis on se convainc soi-même qu'il n'existe aucune différence entre les deux.

C'EST PEUT-ÊTRE L'EXPOSITION QUI A OPÉRÉ un tel changement en toi. L'Exposition, devrais-je dire, avec une majuscule, car ç'a été le début d'une révolution dans notre malheureuse petite île, pas vrai ? L'ouragan de la révolution, de la Révolution française, s'est abattu sur nous tous, lorsque la violence s'est déchaînée, précipitant les réactionnaires dans les oubliettes de l'histoire, où leurs malheureux cadavres sont aujourd'hui en train de se décomposer et de pourrir... Tu en étais le Robespierre, tirant les ficelles en coulisse, récompensant certains et condamnant d'autres à la mort professionnelle.

Déjà à l'époque, j'étais frappé par ton caractère impitoyable, par ta façon de prendre le contrôle de divers groupes artistiques, truquant les élections afin que tes créatures deviennent secrétaires, présidents des comités de réception, éliminant toute opposition ; par les manifestes que tu promulguais au nom de tout le monde et par tes attaques systématiques contre tous ceux qui osaient ne pas être d'accord avec toi. Grand Dieu ! le monde raffiné de l'art anglais n'ayant jamais rien connu de tel, il n'était pas préparé à pareille offensive. Malheur à celui qui entravait ta route ! Comme cette pauvre Evelyn qui a si bien illustré le risque que l'on prend, non pas à s'opposer à toi, mais à ne pas se ranger dans ton camp.

Tout cela doit apparaître dans mon portrait, mais la tâche n'est pas aisée. Si j'y suis parvenu dans le premier, c'est uniquement parce que j'ai peint ce que je voyais, sans comprendre ce que je regardais. Mais tout est déjà là ; dans le jeu d'ombres sur ton visage, dans la façon dont je t'ai donné cet air de léger retrait et d'attente. Si à l'époque tu m'avais interrogé à ce sujet, j'aurais répondu que j'avais souligné ta réticence, une certaine crainte du monde que tu dissimules en général. Je me serais félicité d'avoir aperçu ton point faible. Or j'aurais eu tort : je peignais en fait la patience avec laquelle tu attends le moment opportun pour passer à l'attaque ; le mépris que tu ressens pour tous ces peintres, critiques, clients qui doivent être dominés, tenus en laisse. Je peignais le violent appétit de pouvoir tapi en toi.

Dans ce second portrait, je dois trouver le moyen de représenter la réalisation de ce brûlant désir. C'eût été plus facile si tu avais été général ou homme politique : j'aurais pu alors m'appuyer sur cinq siècles de peinture. J'aurais pu peindre le triomphe de ton armée et subvertir l'image en montrant les morts et les mourants dans ses rangs. Ou l'homme politique en train de faire un discours durant une campagne électorale, haranguant une foule de miséreux et d'affamés afin qu'ils votent pour le demeurer. Le pouvoir militaire, politique et religieux a été maintes fois représenté en peinture ; chaque forme de puissance possède sa posture, ses gestes et son mouvement de menton. Mais le pouvoir du critique ? Comment le dépeindre alors que je ne peux me placer dans le sillage d'aucun géant de la peinture ?

TU NE T'INTÉRESSES PAS VRAIMENT AUX RAISONS qui m'ont poussé à m'installer sur cette île, n'est-ce pas ? Tu n'es pas homme à avoir cette sorte de préoccupation. Mais je vais t'en parler malgré tout. Ce sera ta punition pour avoir affecté si souvent cette ridicule courtoisie. Ce n'était pas prémédité. Je n'ai pas réfléchi à l'avance à l'endroit idéal. Au contraire, j'ai erré plusieurs mois avant d'échouer ici. Ne crois pas que ce soit un signe de ma soumission à tes principes artistiques et de mon acceptation du modèle français. Loin s'en faut. Ici, comme tu as pu le constater, l'art est parfaitement absent. Les modes et les toquades de Paris n'ont pas plus d'importance pour les Houatais que pour les édiles de Dundee. En fait, ils considèrent Paris comme un ennemi, les rares fois où ils y pensent. Ils ne peuvent pas se figurer qu'on puisse gaspiller son temps, son énergie ou son argent à des tableaux, quant à se battre à ce sujet, cela leur est totalement incompréhensible. Ils ont la mer. C'est tout ce qu'ils possèdent, et ça leur suffit.

J'ai donc débarqué dans un endroit dépourvu d'histoire artistique, où l'on considère ce que je fais avec une complète indifférence. Je crois être la première personne à manier un pinceau sur cette île. Je n'ai pas de prédécesseur ; aucune colonie artistique d'âmes sœurs ne s'est jamais implantée ici, et il n'existe pas de dame enthousiaste brûlant de m'inviter à dîner ou à prendre le thé. Il n'y a que les pêcheurs, leurs épouses impassibles, leurs enfants à demi illettrés, et la mer.

Je me souviens de t'avoir dit jadis que j'avais toujours voulu vivre au bord de la mer. Persuadé que la peinture en était la raison, tu as discouru sur les possibilités de « tangibilité » qu'offraient les paysages marins – c'est bien le mot absurde que tu utilisais alors ? –, sur la façon dont la peinture pouvait représenter l'eau et la lumière. Il va sans dire que tu te méprenais. Mon but était justement de me laver de toutes ces inepties. Vivre au bord de la mer est comme un baptême permanent. L'air et la lumière hypnotisent, et l'âme se baigne dans l'immensité. On découvre ce qu'est la vraie splendeur, et ce n'est pas quelque chose qu'on peut transcrire sur la toile. Quand on peint, ou bien on représente ce que l'on voit, ou bien on se projette sur ce qu'on a sous les yeux. En face de la mer on se rend compte de l'inanité des deux attitudes. On ne peut humaniser la mer. Elle n'est pas comme toutes ces montagnes dont on raffole tant, avec leurs joyeux paysans qui font la moisson ou dévalent les sentiers. La mer est mouvement, violence, vacarme. Tu te rappelles le tableau de Géricault, *Le Radeau de la Méduse* ? Quel échec ! Quelle dérobade ! Tous ces personnages héroïques et désespérés occupant le devant de la scène, comme s'ils comptaient le moins du monde… Si l'on place des êtres humains sur l'océan, ils ne peuvent pas être héroïques, ils sont nécessairement incongrus, ridicules ; à tout moment ils risquent d'être engloutis sans que la mer s'en aperçoive. Pense à ce gamin sur la plage. Géricault a-t-il peint cela ? A-t-il même tenté de dépeindre la splendeur de la scène ? Non, il en a détourné le sens, pour en faire une nouvelle histoire d'êtres se battant contre une terrible adversité, un récit de souffrance et de courage humains. Quelle pitié ! La mer n'est pas là pour permettre aux hommes de jouer les héros.

Me voilà reparti, je sais. Voilà pourquoi je suis venu ici. Voilà ce que je recherchais quand j'ai quitté l'Angleterre. J'ai mis longtemps à le comprendre, bien sûr. Je l'ai découvert peu à peu au cours du voyage… Quand j'ai pris le train à la gare de Victoria pour gagner la Manche, j'avais l'intention de me diriger vers le sud, vers le soleil et la lumière, de suivre la même route que tout le monde. C'est ce que j'ai fait pendant un certain temps. J'ai laissé mes bagages à Boulogne pour qu'on me les fasse suivre dès que je connaîtrais ma destination, puis j'ai pris la direction de la Provence. Je n'y suis resté que quelques semaines : quelque chose y heurtait ma sensibilité écossaise. Alors que je me trouvais sur le balcon d'un hôtel dans une ville dont j'ai oublié le nom, j'ai senti que je devenais sentimental. Nul doute que Cézanne soit parvenu à percevoir le sublime chez ces gens et dans ces paysages. C'est le seul de tes protégés qui soit réellement remarquable, il domine tous les autres. En une demi-douzaine de tableaux, il a changé la réalité. La Provence ressemble aujourd'hui à un tableau de Cézanne. On ne peut absolument pas la voir autrement. Peut-être que si je n'étais pas allé à ton exposition, j'aurais abouti à quelque chose de différent, mais cela n'aurait jamais été aussi bon, et j'étais décidé à ne pas copier.

En outre, la vie est trop facile pour les Provençaux. Ils n'ont à se soucier que du vent, et ils passent leur temps à s'en plaindre. Ils n'ont jamais eu à vitupérer le destin. Ceux qui boivent le vin produit par leurs propres vignobles ne peuvent pas maudire le sort. De plus, qu'allais-je faire ? Peindre des courses de taureaux et des oliveraies ? Alors j'ai continué ma route en direction de l'Espagne et ai fait halte dans une ville appelée Collioure. J'y suis resté plusieurs semaines. Or la Méditerranée est si bleue, si civilisée, si chaude ! Elle est entièrement dépourvue de la férocité dont j'avais besoin. On n'y ressent ni le tumulte ni la terreur de la mer. Mais le voyage n'a pas été inutile car j'ai compris ce que je cherchais. L'endroit est pauvre, sinistre, plongé dans les ténèbres de l'ignorance, et à mon arrivée j'ai pensé que ce serait l'endroit idéal. J'ai séjourné dans un hôtel bon marché pendant une semaine. J'ai trouvé cela reposant. Les Colliourenques possèdent une beauté particulière, mais il s'agit d'un endroit civilisé, vraiment, si on gratte un peu la surface de la pauvreté et de la misère. Ce « mais » est d'importance. Il y a un bon port en pierre, un château, une jolie église, un hôtel, quelques boutiques, et c'est bien trop. J'ai négocié la location d'une petite maison dans le village, pensant que j'y serais heureux. Et c'est ce qui se serait passé, voilà l'ennui. La veille de mon emménagement, j'ai marché le long du quai : les étoiles scintillaient dans un ciel dégagé, un vent chaud soufflait de la mer... Alors j'ai ressenti une étrange panique. Je ne cherchais pas le bonheur.

J'ai repris la route, attendant le moment où je comprendrais que j'étais arrivé à bon port. Saisis-tu ce que je veux dire ? Le sentiment qu'on est chez soi, même si c'est un lieu qu'on découvre pour la première fois. La sensation d'être exactement à sa place. Je crains de ne pouvoir mieux décrire cette impression. On ne l'éprouve pas dans une grande ville, car à Londres ou à Paris on n'est nulle part en particulier. J'ai donc évité les villes et ai traversé lentement la France en train, m'approchant quelquefois très près du but, tentant parfois de me persuader que j'avais trouvé ce que je cherchais, parce que le voyage a été long et frustrant. Je n'en ai tiré aucun plaisir et il me tardait qu'il se termine. Le paysage, les panoramas, les merveilles architecturales ne présentaient pour moi aucun intérêt. Tout ça n'avait rien à voir avec ma quête.

Je suis finalement arrivé à Quiberon, une ville pauvre et déprimante, comme tu l'as sans nul doute remarqué, et qui ne m'a guère attiré. Je suis allé au port pour tuer le temps, en attendant de pouvoir continuer mon voyage. J'ai vu des hommes décharger leur pêche sur le quai. Je les regardais depuis quelque temps quand je me suis rendu compte que je comprenais ce qu'ils disaient. Il ne s'agissait pas, vois-tu, de la compréhension filtrée par l'instruction et le savoir, mais de la véritable compréhension, instinctive et naturelle. Ils parlaient en gaélique. Lointain cousin de l'écossais, bien sûr, il est assez proche cependant de la langue que j'ai apprise auprès de ma grand-mère chez qui on m'expédiait chaque fois que mon père était au chômage et ne pouvait me nourrir. J'y passais souvent plusieurs mois, et cette femme douce mais dotée d'un farouche orgueil ne s'exprimait qu'en gaélique. Contrairement à beaucoup, je n'ai jamais cherché à oublier cette langue, même si elle ne me servait pas à grand-chose.

Ces pêcheurs me rappelaient ma grand-mère, bien qu'ils aient un drôle d'accent et que des dizaines de mots soient tout juste reconnaissables. Je leur ai donc demandé en gaélique d'où ils venaient. Ils ont trouvé ma langue aussi bizarre que moi la leur, mais ils m'ont répondu, car le fait qu'un homme manifestement étranger s'adresse à eux dans un dialecte proche du leur a chatouillé leur imagination. C'étaient les premières personnes avec qui j'avais eu une conversation digne de ce nom depuis des semaines. On a bu un verre ensemble et ils m'ont indiqué une maison à louer. J'avais atteint le terme de mon voyage. J'étais arrivé chez moi. Le lendemain, j'ai effectué la traversée avec eux.

Depuis, je n'ai quitté l'île que pour aller à la morgue afin d'étudier mes cadavres, ou pour acheter du matériel de peinture et des toiles. Tu me vois comme un exilé, moi je me considère comme un réfugié. Je ne suis pas le premier Écossais dans ce cas, d'ailleurs ; j'ai un illustre prédécesseur. Si tu veux, retourne à l'église et regarde la statue. Celle de saint

Gildas. Lui aussi est originaire de la Clyde bien qu'il y soit né un peu avant moi. Il avait échappé à mon attention, je l'avoue, mais le père Charles m'a tout appris sur lui. Gildas avait fui l'agitation et la sauvagerie de l'Angleterre et trouvé son sanctuaire sur cette île pour échapper aux foudres de ceux qui le considéraient comme un hérétique. Selon la version du curé, en tout cas. Il a beaucoup de finesse, notre curé ; il parle peu mais il comprend beaucoup. Je note d'ailleurs que tu ne lui as toujours pas rendu visite.

Les Houatais m'acceptent à leur manière, tout en me trouvant un tantinet fêlé. Personne n'est venu s'installer ici depuis quinze cents ans, et ils n'ont vu aucun Anglais – ils me considèrent toujours comme un Anglais, ce qui constitue un grave désavantage – depuis qu'ils se sont débarrassés des contrebandiers il y a un demi-siècle. On ne reste pas ici si l'on a un meilleur endroit où aller, à moins d'y être obligé. On ne vient même pas passer l'été sur Houat, car aucun être sensé n'aurait la fantaisie de séjourner dans une île où il est diablement difficile de trouver du bois pour sa cheminée ou de la nourriture pour son assiette. Moi, j'avais l'intention d'y rester avant que je ne te convoque et que ta présence ne me rappelle le conseil que j'avais naguère donné à Evelyn, à savoir qu'un tableau qui n'est pas vu pourrait tout aussi bien ne pas exister. Je joue avec l'idée, non, en fait, j'ai décidé de rentrer, de me jeter à nouveau dans la mêlée. Mais à mes conditions seulement.

Qu'ai-je dit déjà ? Que je t'ai convoqué ? Quelle audace de ma part ! Tu m'as écrit pour m'offrir la commande d'un portrait, n'est-ce pas ? C'était une tentative de ta part pour me faire revenir dans le monde de l'art anglais, le seul qui compte à nos yeux malgré sa médiocrité. Pour m'aider à reprendre les rênes. Non, non, mon cher ami ! Il est temps de renverser les faux-semblants. C'est moi qui t'ai convoqué, moi qui savais que tu serais obligé de venir. Je t'ai attiré ici.

J'ai écrit peu de lettres ces dernières années, la plupart adressées à ma banque et je ne requiers guère ses services en ce moment. Toutefois une lettre était importante : la courte missive que j'ai écrite à Duncan, ton protégé, il y a quelques mois. Celle-là, je l'ai beaucoup travaillée, parce que je savais que tu la lirais. Elle t'a amené ici ; c'est ce que j'escomptais.

Il a suffi en fait d'une seule phrase pour que tu fasses tes bagages et prennes le train pour Paris, puis pour Quiberon, et ensuite le bateau de pêche à destination de l'île, que tu as traversée à pied pour gagner mon logis. Une courte phrase a fait pencher la balance : « J'espère que toi et William êtes toujours amis ; beaucoup se sont noyés dans son déplaisir. »

Je n'ai jamais connu personne qui déchiffre le sens des mots ou des tableaux avec autant de perspicacité que toi. Tu t'empares d'un infime détail – contraste de couleurs, forme du lobe d'une oreille, courbe d'un doigt, phrase bancale, curieuse utilisation d'un terme – et tu le tritures jusqu'à ce qu'il rende gorge. Mais quel secret ma lettre recelait-elle ? Elle intriguait, cette phrase maladroite, mais elle ne livrait rien.

Il ne s'agissait pas d'un lapsus, mon ami, ni du babillage de quelqu'un qui a perdu le contact avec la réalité, ni d'une piètre plaisanterie. Viendrais-tu ? C'était l'ultime test. Chaque mot avait été soupesé et médité. J'avais besoin de toi ici si je voulais faire sauter le verrou qui m'a empêché de peindre quoi que ce soit de réellement satisfaisant.

Je pense qu'il est temps que tu saches pourquoi j'ai quitté l'Angleterre. Tu vas être ravi ; cela va flatter ta vanité. Puisque tu en es la cause. Tout a débuté à neuf heures et demie, un mardi matin, le 10 mai 1910. J'étais en train de prendre mon petit déjeuner en maudissant le temps gris et nuageux, alors que j'avais besoin de luminosité pour un tableau que je peignais à ce moment-là. Je savais que je ne pourrais rien faire jusqu'au déjeuner, et peut-être même après. Alors j'ai décidé de lire le *Morning Chronicle* et de prendre tout mon temps pour déguster les œufs brouillés et le café que ma logeuse venait de m'apporter. Comme à mon habitude, j'ai commencé par les avis et les annonces, avant de passer aux nouvelles de l'Angleterre et de l'étranger, gardant les critiques pour la bonne bouche.

Je m'en réjouissais à l'avance : l'exposition d'Evelyn avait débuté deux jours plus tôt et je savais qu'on en parlerait. Au pire, il n'y aurait qu'une simple mention ; au mieux, un entrefilet plus substantiel. Je ne savais pas qui allait rédiger la critique ; pour une raison ou une autre, le *Chronicle* était toujours très discret là-dessus. C'était le genre d'exposition qu'on confierait à quelque jeunot, l'événement n'étant pas assez important pour justifier qu'on paie un personnage influent. Après tout, Evelyn était presque inconnue.

Les critiques sur ton exposition avaient paru la semaine précédente et avaient été atroces, suivies de lettres de colonels et d'académiciens révoltés. Du point de vue critique ton exposition était un complet désastre mais un franc succès sur tous les autres plans.

En quelques jours, tous les Anglais qui s'intéressent un peu à l'art connaissaient les noms de Gauguin, Seurat, Degas, et tutti quanti.

Je croyais que c'était de bon augure pour Evelyn. Le fait qu'elle n'appartenait pas à ton groupe allait sans doute jouer en sa faveur. Je pensais, en outre, qu'ayant vidé sur toi leur réserve de vitriol, les critiques trouveraient agréable de dire, pour une fois, quelque chose de gentil. Ce fut tout le contraire, hélas ! Tout à leur plaisir d'agonir d'injures les Français, la plupart des journaux avaient ignoré Evelyn. Seul le *Chronicle* lui consacrait un article anonyme. C'était mieux que rien : le moindre articulet constituait un bon début. À peine en avais-je commencé la lecture que j'ai deviné le nom de son auteur... Ta plume est aussi reconnaissable que le coup de pinceau d'un peintre original. Ta façon d'accumuler les adjectifs, le rythme de tes phrases, l'enchaînement complexe des subordonnées qui se bousculent, au point qu'on a du mal à suivre le fil de ta pensée qui s'emballe... Personne n'écrit comme toi. Je suis certain de ne pas avoir été le seul à reconnaître ton style, mais j'ai fort bien compris pourquoi tu tenais à garder l'anonymat. Après tout, tu te targues d'être un galant homme.

Revenons à mon dada. L'apparence et l'impression immédiate. De prime abord, tu sembles le parfait gentleman. Quant à Evelyn, si l'on fait d'elle un rapide croquis en se fondant uniquement sur la première impression et sur l'intuition artistique, qu'obtient-on ? Une petite maigrichonne dont la lèvre risque à tout moment d'être prise de tremblements. Les épaules légèrement voûtées trahissent la crainte de la réalité, le repli sur soi. Et la sensualité et la féminité ? Oubliez tout ça ! Vieille fille-née, qui frissonne à la pensée qu'un homme puisse la toucher. Créature apeurée, extrêmement fragile. Sans intérêt, à ne pas prendre au sérieux. Certains s'isolent parce qu'ils sont forts et méprisent le monde ; d'autres agissent ainsi par pusillanimité : ils souhaitent désespérément faire partie du groupe mais ne savent comment s'y prendre et redoutent d'être repoussés. Au premier coup d'œil, on classait Evelyn dans la seconde catégorie.

Au temps pour l'intuition du peintre moderne... Mais regarde Evelyn avec les yeux de Raphaël, cet amoureux des femmes ; ou de Rembrandt, dont le regard divin perçait l'âme ; ou de Vermeer, qui savait peindre les abîmes de l'apparente sérénité et montrer le tumulte sous la surface parfaitement lisse, et tu verras encore quelque chose de différent. Tu apercevras alors la fragilité et la force de caractère qui l'ont poussée à tout sacrifier pour poursuivre un seul dessein : devenir peintre. Pas pour gagner sa vie, ni pour connaître le succès, car ce sont là de vils projets, et le jeu n'en vaut pas la chandelle. Mais elle voulait se fier à son instinct jusqu'à ce qu'elle soit satisfaite du résultat. Elle voulait ma boîte à biscuits, parvenir au but que j'avais atteint une seule fois dans ma vie. Ses critères étaient toutefois plus élevés que les miens. Evelyn était l'une de ces personnes qui ne trouveront jamais le contentement.

Tu ne peux pas comprendre ce genre de chose. Ne prends même pas la peine de faire semblant. Ton art, c'est la politique, et Evelyn refusait de se plier à ta volonté. Comment se fait-il que tu aies tant de mal avec les femmes alors qu'il t'est si facile de dominer les hommes ? Peut-être faut-il s'y prendre autrement pour les manipuler ? Employer des moyens qui sont hors de ta portée ? Ton épouse. Evelyn. Jacky. Tu as échoué avec les trois. Ont-elles perçu quelque chose qui nous a échappé. Ont-elles repéré une faiblesse connue de toi seul ?

Laisse-moi te regarder ! Sais-tu que je crois l'avoir découverte ? Tu es enfin vraiment furieux. Serait-ce parce que le nom de Jacky m'a échappé ? Après des jours de provocation de ma part, tu finis par laisser tomber le masque. Je dois recueillir ce nouveau sentiment qui est apparu sur ton visage.

Allons, allons ! Ne te mets pas en colère ! Je ne fais que mon travail, tu sais. Ç'a toujours été trop facile pour toi. Aucun portraitiste ne t'a poussé à ce point dans tes retranchements. Voilà pourquoi tous les portraits de toi que j'ai vus sont si atroces. Parfaits pour être présentés au public, sans doute. Ils orneraient de belle manière la salle à manger de ton collège de Cambridge ou les murs de l'Athenaeum, mais ils présentent l'image publique et non l'homme privé. Ils ont la subtilité et l'authenticité d'un panégyrique. Qu'avait dit Oliver Cromwell à Walker déjà ? « Je veux que vous me peigniez fidèlement, y compris les verrues. » Non seulement tes portraitistes ont omis les verrues mais ils ne les ont même pas remarquées. Pas plus que moi, la première fois. À présent, il en va différemment et je suis décidé à faire encore mieux par la suite.

Non. Ça suffit pour aujourd'hui. Je suis fatigué et je crois que tu as été assez puni comme ça. Il est temps de nous séparer ; j'ai mes devoirs à assurer.

Lesquels ? Grand Dieu, ils sont si nombreux sur cette île… Je dois vérifier que la marée monte, que le soleil se couche et que le vent continue de souffler. Es-tu déjà allé voir le fort ? Tu devrais. C'est un spectacle affligeant qui force la réflexion. Construit par Vauban, le grand ingénieur militaire, pour repousser les Anglais. Je ne crois pas qu'il ait jamais été utilisé à cet effet. Les Anglais ont quand même débarqué et les bonnes gens de l'endroit savent reconnaître de la belle pierre à bâtir. Murs entiers, escarpes, pieds-droits et autres éléments architecturaux ont disparu dans la nuit, transformés en docks, maisons et abris. L'un des plus puissants forts de Bretagne, tombant en ruine parce que personne ne l'aime, tandis que la petite église, non protégée par la nation et de construction bien plus fragile, a été conservée en bon état, grâce à la seule affection des habitants. Je te laisse tirer la morale de l'histoire. C'est là que je vais finalement me rendre, je pense. Les jours qui viennent vont être importants et je dois m'y préparer. Pour une raison ou une autre, cela m'aide de passer un moment dans l'église. Le père Charles m'y encourage : il affirme que la contemplation silencieuse vaut la prière ou le sermon. Non qu'il méprise l'instruction religieuse mais il préfère procéder par allusions plutôt que par injonctions.

De temps en temps, je lui pose des colles, ce qui est fort insolent de ma part. Sous prétexte de demander conseil, je lui soumets un cas de conscience pour voir comment il s'en débrouille... Supposons, mon père, que l'on soit la seule personne à être au courant d'un horrible péché tout en sachant que personne ne nous croirait si on le révélait ? Que faire ?

« Il faudrait trouver le moyen de racheter ce péché », a-t-il répondu.

Plus facile à dire qu'à faire. Vous vous en tirez par une pirouette.

« Procédez à un examen de conscience, a-t-il poursuivi posément. Vous êtes peintre. Ce péché vous met-il en colère ? Eh bien ! utilisez cette colère pour peindre. Vous attriste-t-il ? Servez-vous de cette tristesse. Ce péché a été commis à l'encontre de quelqu'un ? Essayez d'aider la victime. À vos dépens ? Efforcez-vous de pardonner. »

Et si on ne parvient pas à pardonner ?

« Trouvez un moyen de le faire. Les grands pécheurs subissent souvent un sort pire que leurs victimes. Comme le meurtrier qui reçoit un juste châtiment. Alors le pardon vient plus aisément. »

Il m'a énormément appris, ce bon père. Depuis un an environ, j'en suis venu à beaucoup compter sur lui. C'est une présence réconfortante et il m'aide plus qu'il ne le croit.

Reviens de bonne heure, s'il te plaît. D'abord, l'air se rafraîchit, signe que le temps se gâte. La tempête va bientôt souffler, ce qui va affaiblir la luminosité et ralentir mon travail. Il faut que je termine au plus vite, autrement j'en aurai encore pour une semaine. Ce n'est pas la peine de t'inquiéter. Il est déjà trop tard pour repartir. La mer est déchaînée et aucun bateau ne pourra te ramener sur le continent avant plusieurs jours.

SAIS-TU QUE J'AI PASSÉ UNE NUIT BLANCHE ? Rien d'inhabituel à cela, il est vrai, mais c'était pire que d'habitude. Bien pire. Je me suis retourné dans mon lit dans tous les sens parce que j'étais en colère. Pas contre toi, mais contre moi-même. J'ai eu l'atroce sentiment d'avoir commis une erreur.

J'aurais dû te peindre à l'extérieur. Non seulement parce que la lumière aurait mieux révélé ton caractère, mais parce que tu ne t'y serais pas senti à ton aise. Tu es une créature d'intérieur : salon, galerie d'art, salle à manger, restaurant. Dehors, au grand air, tu te ratatines un peu, tu n'es plus tout à fait toi-même et perds ton assurance. Tu as même peur. Cette peur, je m'en rends compte aujourd'hui, fait partie de toi ; elle est toujours tapie au tréfonds de ton être, dissimulée par ton agitation perpétuelle. De quoi as-tu peur ? Pas des autres ; en tout cas, pas de ceux que tu as déjà rencontrés... D'une situation que tu sais devoir un jour connaître mais qui ne s'est pas encore présentée. Un signe prémonitoire est peut-être apparu durant la longue semaine que j'ai passée dans le Hampshire pour peindre le premier portrait... Ton fils, assis sur tes genoux – tu es un père tendre et aimant –, avait renversé un verre qui s'était brisé en mille morceaux. Les éclats ont glissé sur la table et sont tombés par terre. Cela a fait un bruit épouvantable. Le verre ne s'est pas cassé, il a littéralement explosé. C'était un verre très cher, en excellent cristal, un cadeau de ta belle-famille. Quelques fragments ont été projetés vers toi. Et sais-tu ce que j'ai vu ?

Tu as saisi ton fils – tes deux mains enserrant sa taille – et tu l'as déplacé très vite de quelques centimètres, tout en détournant la tête. Pas pour l'éloigner des éclats étincelants, mais pour le pousser vers eux. Tu t'es servi du corps de ton enfant comme d'un bouclier. Oh ! la scène n'a duré qu'un bref instant, mais j'ai vu le mouvement, même si je l'ai tout de suite oublié. Est-ce que je me trompe ?

Non. Tu as utilisé le corps d'un enfant de trois ans pour te protéger. C'était une réaction instinctive, et le tunnel qui s'est ouvert soudain a éclairé un peu ton âme. L'incident a duré une fraction de seconde, peut-être moins, avant que le tunnel ne se referme. Rires, plaisanteries, gentilles paroles de réconfort : le gamin ne devait pas s'en faire, ce n'était qu'un verre. Tu as ébouriffé ses cheveux, appelé les domestiques pour qu'ils ramassent les morceaux. Un autre verre a été apporté. L'enfant a été envoyé jouer dans le jardin après qu'on s'est assuré qu'aucun éclat ne s'était fiché dans ses vêtements.

Cela n'a aucune importance. Vraiment ? Pourquoi est-ce que je pense qu'un geste peut anéantir en une demi-seconde des heures, des jours, des années d'une conduite irréprochable ? Comment se fait-il qu'une demi-seconde puisse démentir une réputation de courage et d'audace sans faille, patiemment construite au fil des ans ? Parce que c'est la vérité et l'enfant le sait, lui aussi. Ce moment est l'héritage que tu lui as légué. Ce que tu ne peux maîtriser t'effraie. Voilà pourquoi tu dois tenir les choses et les êtres sous ta coupe. Et pourquoi j'aurais dû te peindre en plein air. Surtout ici, où il n'y a que la nature. Lorsque les tempêtes se déchaînent, elles sont d'une violence dont tu n'as pas idée. Rien à voir avec celles des tableaux : tempêtes aux vives couleurs de Turner ou encore tempêtes courtoises et disciplinées d'un Vanderwelde. Il ne s'agit pas d'un phénomène que l'on peut contenir dans un cadre de deux centimètres d'épaisseur. Et elles ne possèdent aucune beauté, contrairement à ce que l'on croit. Les tempêtes réelles sont affreuses et brutales, et n'ont pas grand-chose de séduisant ; leur attrait est plus profond.

Nous entrons dans la saison des tempêtes. Bientôt, demain peut-être, toi et moi, nous irons faire une promenade le long des falaises. N'aie pas l'air si inquiet ! On va bien s'emmitoufler et affronter tes craintes ensemble. Debout, dans le vent hurlant, on défiera toutes les forces incontrôlables du monde. Tu ne dois pas décliner ma proposition, une telle occasion ne se représentera jamais. Tu ne le regretteras pas.

Peu après mon arrivée ici, vois-tu, je me suis retrouvé coincé chez Mme Le Gurun pendant une de ces tempêtes. J'étais allé voir s'il y avait du pain. Je ne connaissais pas encore la rapidité avec laquelle le temps peut se gâter ni la durée de ces orages. J'ai donc décidé de boire un verre et d'attendre une heure ou deux la fin de la tourmente. Je me suis senti ridicule, car, en fait, le temps a mis trois jours et demi à se calmer. Je ne suis resté dans le bar que trois heures, jusqu'à ce que, chassé par l'ennui, je regagne mon logis sous une pluie diluvienne. Comment y suis-je parvenu ? Je n'en sais rien... Il faisait noir comme dans un four et le vent était trop fort pour qu'on puisse utiliser une lanterne.

Je me suis perdu. J'ai marché trop près du bord de la falaise, laquelle n'est pas si impressionnante, comme tu pourras le constater. Peu élevée, en pente douce ; à marée basse et par beau temps, on peut la dévaler sans trop de mal et atterrir sur la plage, à peine essoufflé. La nuit, lorsque rugit la tempête, que la marée monte et que les vagues s'abattent sur les rochers, c'est une autre affaire. Un faux pas et on disparaît. Et j'ai bien failli être englouti. De ma vie, je n'avais jamais été aussi terrorisé, et quand je suis arrivé chez moi le feu était éteint et une fenêtre avait été soufflée par le vent. Mes papiers étaient trempés et dispersés aux quatre coins. Quelques heures de mauvais temps avaient démoli ma vie et m'avaient réduit à une carcasse grelottante et gémissante. Je devais faire du feu de toute urgence et calfeutrer la fenêtre. J'ai utilisé des blocs à croquis pour le feu et une toile sur laquelle j'étais en train de travailler pour la fenêtre. Mon art m'a sauvé. À dire vrai, c'était la première fois qu'il me servait à quelque chose. Entre parenthèses, je recommande ces deux matériaux : d'excellente qualité, les feuilles des blocs à croquis constituent un bon combustible et une toile recouverte d'une épaisse couche de peinture à l'huile empêche parfaitement la pluie de pénétrer dans la maison.

Mais je m'égare. Alors que je me trouvais dans le bar, un bateau de pêche a accosté et les pêcheurs se sont engouffrés dans la salle pour se requinquer en buvant un grog. Ils étaient épuisés mais surexcités. La violence de la tempête s'était communiquée à eux. Leurs yeux étincelaient et leurs visages, fouettés par la pluie, étaient devenus beaux. Même leurs mouvements possédaient une extraordinaire grâce ; après des heures de lutte contre la mer, traverser la salle, lever un verre, parler d'une voix normale, tout cela était ridiculement aisé. La flamme de la vie brûlait en eux avec d'autant plus d'ardeur qu'elle avait failli s'éteindre à jamais. Et leurs femmes y étaient également sensibles ; même les plus coriaces d'entre elles les entouraient avec un regain d'intérêt, les touchant, et il était visible par d'innombrables petits signes que le danger les émoustillait. Bien que certains des pêcheurs fussent si fatigués qu'ils tenaient à peine sur leurs jambes, je parie que beaucoup de bébés ont été conçus ce soir-là. On les appelle les bébés des tempêtes.

Bonne vie, mauvaise peinture. Je les ai étudiés avec soin tandis qu'assis dans le bistrot, ils bavardaient d'un ton à la fois calme et animé. Joues pourpres, yeux ardents, gestes passant de la vivacité à la langueur – langueur de l'épuisement, pas celle des salonnards blasés... Le tableau aurait été affreux.

Couleurs trop crues, poses qui paraîtraient grotesques, une fois le mouvement arrêté… On aurait pu, certes, peindre un beau tableau, mais c'eût été une si piètre image de la réalité que cela n'en aurait pas vraiment valu la peine.

Comment restituer la vapeur s'échappant de leurs vêtements, le mélange tangible d'excitation et de soulagement, la peur et la fatigue ? Pas la fatigue physique qui ne présente guère de problème particulier, même si elle n'est pas très facile à rendre. Je parle de l'épuisement mental de celui qui, confronté à la mort, a été épargné. De celui qui doit accepter le fait que sa survie lui a été involontairement accordée par la mer ignorante et indifférente. Ou par Dieu, si tu préfères, comme eux, sans doute. Ce serait impossible, car les peintures n'existent que dans l'esprit des spectateurs, et rares sont ceux qui peuvent comprendre une telle violence. L'habitué des galeries n'appréhenderait un tel tableau que selon ses critères réducteurs. Il verrait le décor miteux du bistrot, la saleté des vêtements, la fatigue des pêcheurs mal rasés, et il replacerait le tableau dans la tradition de la peinture de genre, si chère aux Hollandais, ou bien il le comparerait à l'une des compositions sentimentales des victoriens. *Le Repos des marins*, ou quelque chose dans ce goût-là.

Or j'ai peint ce tableau, parce que j'ai eu honte de ne jamais oser tenter le coup. J'ai travaillé dessus durant plusieurs semaines et je suis fier du résultat. C'est ma plus belle œuvre car, ayant failli tomber de la falaise ce soir-là, j'avais véritablement éprouvé cette terreur et ce soulagement. J'ai fait passer ces émotions sur la toile.

Voici le tableau… Sous cette pile de vieilles toiles. Je ne te demande pas ce que tu en penses. Ton avis m'est indifférent de toute façon. Oui, je sais ; il est petit et le champ est resserré ; il ne s'intéresse qu'à deux hommes et à une femme. Vois-tu comment ils se ramassent sur eux-mêmes, comment ils rentrent les épaules ? Je suis très fier des couleurs : bleus et verts éclatants, au lieu des bruns sombres d'intérieur que j'aurais utilisés jadis. J'ai peint des héros à l'image de ceux de la mythologie grecque, des hommes qui se sont mesurés aux dieux et ont survécu. Non pas des misérables méprisés et opprimés, ni des gens qui inspirent la pitié. Tu ne comprends pas, j'en suis sûr. Je le devine à ton regard. Car tu n'as jamais connu l'effroi. La seule fois où tu as failli éprouver cette sensation, c'est lorsque des éclats de verre ont été projetés vers toi sur une table d'acajou. Il manque quelque chose d'important dans ta vie ; peut-être pourra-t-on combler ce manque avant ton départ. Comme je te l'ai annoncé, j'ai l'intention de te montrer une tempête, et il y en aura une avant demain soir.

TU DOIS CONVENIR QUE J'AVAIS RAISON À PROPOS DU TEMPS. Un jour, un beau ciel bleu, et, le lendemain, ceci. C'est d'autant plus impressionnant que le changement est très soudain. Pour le moment, il fait assez bon ici, remarque. Tu ne vas pas frissonner tant que tu seras chez moi. Nous allons rester à l'intérieur, bien au chaud, comme si tout était parfaitement normal à l'extérieur. Ne trouves-tu pas que le bruit du vent est envoûtant ? On dirait parfois que la maison va être arrachée à ses fondations et emportée vers la mer. On sent les murs trembler et le hurlement du vent dehors est quelquefois assourdissant. Attends un peu !… Le pire est encore à venir.

Mais tu dois avoir froid après ta marche jusqu'ici malgré ton manteau, ton chandail et ton écharpe. As-tu jamais entrepris un seul voyage sans avoir prévu des tenues adaptées à tous les temps possibles ? Je suis persuadé que chez Mme Le Gurun tu gardes jaquette et pantalon rayé au cas où. Prends un verre de vin pour te réchauffer. Je l'ai tiédi près du feu et y ai ajouté quelques ingrédients dont on a besoin par ce genre de temps. Avale-le ! Il en reste des litres, tu verras, ça change tout.

Tu seras content d'apprendre que j'en ai presque fini avec toi. Je pense que ce sera ton dernier jour de pose. Les ultimes touches de peinture et de vernis, je peux les ajouter plus tard. Je préférerais d'ailleurs que tu ne sois pas là. Les finitions – celles qui te donneront l'aspect que je souhaite –, il vaut mieux les effectuer de mémoire, car c'est le moment où le tableau quitte la réalité et atteint un plan supérieur.

Oui, j'ai pris ma décision, finalement. Dans un mois environ, je ferai mes bagages et regagnerai le monde. Le moment est venu, mes démons ont été exorcisés ; en tout cas, ils le seront dès ce soir.

Pourquoi aujourd'hui ? Parce que c'est aujourd'hui que ma tâche se termine. En finir avec toi et retourner à Londres sont, apparemment, une seule et même chose. Je comprends désormais parfaitement pourquoi j'en étais parti. Bien sûr, Evelyn a été le déclencheur, tu t'en doutes déjà peut-être, mais il n'y avait pas que cela.

Je n'ai jamais déterminé à quel moment précis tu as décidé qu'elle était une ennemie. Est-ce lors de l'épisode de l'atelier ? À cause de Sarah Bernhardt ? Parce qu'elle refusait de faire partie de ton cercle d'admirateurs ? Ton inimitié a mis longtemps à prendre forme. Revenons sur ton regard lorsque tu as examiné son premier croquis dans l'atelier, ta perplexité que je me suis tellement efforcé de déchiffrer. D'abord le regard appréciateur : Evelyn était une belle femme malgré sa fragilité. Très belle même, sous une lumière favorable. Sa minceur donnait envie de la saisir dans ses bras pour la protéger, ou l'écraser. Il s'agit du même instinct. Elle était grande et à la manière très sage dont elle coiffait ses cheveux chatain clair on devinait qu'elle s'efforçait de cacher des passions plus profondes derrière une apparence respectable. C'est un aspect d'elle que tu as trouvé plutôt séduisant.

Ce regard constituait l'élément fondamental. Mais il y avait un second niveau, une ébauche de mépris. Une femme que tu trouvais attirante ne pouvait avoir le moindre talent comme peintre. Alors tu t'apprêtais à te montrer condescendant, à faire un compliment... Ce n'est pas mal du tout, ma petite. Vraiment, j'ai vu mille fois pire. Vous êtes assez douée.

Ensuite, le troisième niveau : la stupéfaction, au moment où tu as regardé le croquis représentant un ensemble piteux d'objets, tu t'es aperçu que ton intuition t'avait trompé du tout au tout. Evelyn savait vraiment dessiner... En quelques coups de crayon, elle avait saisi ces objets, les avait fixés sur la feuille, en avait fait quelque chose de merveilleux. D'accord, d'accord, la technique était malhabile ; on voyait que le dessinateur n'avait pas suivi de cours. Il y avait cependant là quelque chose que tu ne t'attendais pas à trouver, et cela t'a laissé sans voix. Et quand tu as parlé, elle t'a à peine écouté. Elle était en train d'examiner son travail et ne se souciait pas le moins du monde de l'opinion d'autrui.

Erreur. Grave erreur. J'avais appris au fil des ans qu'il faut toujours écouter ce que les autres ont à dire. Tout avis peut être utile, même celui d'un critique. Si elle a entendu tes commentaires, ce n'était pas pour elle parole d'Évangile. Ton attirance pour elle, son talent et la désinvolture avec laquelle elle a accueilli tes remarques... Trois ingrédients élémentaires susceptibles de faire lentement monter ton hostilité... Écoute ce vent ! Il souffle joliment à présent. Encore un peu de vin ? Commences-tu à te réchauffer ? À te détendre ?

À propos de l'exposition du Chenil, je regrette souvent qu'elle se soit rangée à mon avis. Je regrette de ne pas l'avoir encouragée à décliner l'invitation. Ne montrez vos tableaux qu'à des particuliers. Attendez un peu, l'occasion se représentera lorsque vous serez vraiment prête. Mais je lui ai dit le contraire. À mon sens, elle devait saisir cette chance des deux mains parce que c'est ce que j'aurais fait à sa place. Il est vrai que j'ai toujours été sensible à l'opinion des autres, que j'ai façonné mon œuvre pour leur plaire. Elle a donc suivi mon conseil. Or, si je ne l'avais pas poussée à accepter, elle aurait sans doute refusé et évité ainsi de s'exposer à ton jugement.

Tu n'attaques pas pour le simple plaisir, je dois le reconnaître. En général, tu n'éprouves aucune jouissance à exercer ton pouvoir en public, tant que tu le détiens. Tu pourrais descendre en flammes l'œuvre de beaucoup de peintres. Lorsqu'on vit à Londres, on n'a que l'embarras du choix. Mais tu t'abstiens ; ton silence est éloquent. Toutefois, avec Evelyn tu as dérogé à ton habitude. Tu sembles avoir agi gratuitement. Le plus grand critique du pays prenant la plume pour massacrer un peintre quasiment inconnu ? Quel intérêt ?

Ah ! ç'a été efficace ; un petit chef-d'œuvre. Une kyrielle de demi-vérités, un patchwork impeccable d'invectives de bon ton dissimulant une série de piques acérées. Et quelle drôlerie ! Tu as utilisé la seule arme qui terrorisait Evelyn : le ridicule. « Il est regrettable qu'on expose ainsi aux yeux du public les minauderies de la femme de bonne famille. Jadis, on avait la décence d'attendre que les hommes se soient retirés avec leur cognac. » « D'aucuns trouvent peut-être du génie dans la médiocrité, le présent critique est insensible à ses charmes… » « Il existe des échecs complets et des échecs partiels, bien qu'une pratique assidue puisse garantir la régularité dans la médiocrité. » Tu vois, je me souviens du moindre mot.

Venait ensuite la mise en pièces des tableaux, aussi systématique que lorsque tu avais réglé son compte au malheureux Anderson. Sauf que là, tu en as trop fait, tu as forcé le trait afin d'éblouir le lecteur. Redoublement de métaphores, syntaxe alambiquée. Quand tu avais démoli Anderson, la langue était restée sobre, avec Evelyn, elle a été trop fleurie. Dans le premier cas, tu étais allé droit au but en employant des mots simples ; dans le second, tu as eu recours à tous les procédés stylistiques, sans exception, et tu les maîtrises à la perfection. Mais tes insultes n'étaient pas argumentées. Tu n'as donné aucune explication, fourni aucune preuve pour étayer ton jugement. Tu n'as pas démontré qu'Evelyn était dénuée de talent, tu t'es contenté de l'affirmer.

Je te connaissais depuis de longues années et je ne t'avais jamais pris en flagrant délit de mensonge. Cette fois-là, tu as franchi une ligne invisible mais fatidique. Si je mettais en doute depuis longtemps l'importance que tu t'accordais, je ne pouvais pas prétendre que tu n'étais pas un honnête homme. Cet article t'a fait entrer dans les ténèbres du mensonge et de la calomnie. Le dernier fil de la loyauté que je te devais s'est rompu de manière définitive et irrémédiable. Tu as perdu l'unique qualité qui te préservait de ma vengeance, la seule qui m'avait toujours incité à te pardonner.

Car les tableaux d'Evelyn étaient bons. Tu le savais depuis le premier jour où tu l'avais rencontrée. Tu as abusé de ton pouvoir de façon ignoble, pour protéger tes seuls intérêts. Tu t'es placé au-dessus des lois, faisant fi de toute contrainte. Tu as péché contre l'art que tu avais la mission de faire vivre et de protéger. Et tu sais ce que je pense du péché. Et du châtiment, bien sûr. Permets-moi de te resservir à boire. Ton visage prend de jolies couleurs.

Ce n'est même pas à cause des tableaux, n'est-ce pas ? Ni parce que tu refusais qu'on défie les Français dont tu t'étais fait le champion. Ni même à cause de sa désinvolture envers toi. Si tu n'avais pas rédigé la critique de son exposition, tu aurais trouvé autre chose. Quelque vexation, quelque affront, devant le plus de monde possible. Parce que tu étais effrayé, désespéré. Tu as pensé que la victoire que tu venais de remporter risquait de t'être arrachée et ta réputation anéantie.

Veux-tu que je t'explique pourquoi j'en suis si sûr ? Parce que dans la lettre à Duncan j'ai écrit ceci : « Beaucoup se sont noyés dans son déplaisir. » Alors tu es venu, après avoir oublié mon existence durant près de quatre ans.

J'ai été surpris par toute cette affaire, je dois l'avouer. Se faire le chantre de la morale bohème dans une revue littéraire est une chose, la pratiquer soi-même en est une autre. J'ai toujours supposé que ton amoralité était une pose de critique, conçue pour émoustiller les mondains, dans la mesure où cela ne nuisait pas à ta vie sociale. Nombreux sont ceux qui ont vu grandir leur réputation après un plus grand scandale. Ou bien était-ce une question d'esthétique ? C'était sans doute moins le fait que le monde apprenne que tu avais engendré un rejeton par mégarde, que la honte d'avoir à en assumer la mère ? Appréhendais-tu les ricanements que risquait de déclencher la nouvelle que tu entretenais une liaison minable dans un garni avec une femme d'une si extraordinaire vulgarité ?

Avec Jacky ? Était-ce possible ? Un homme comme toi ne devrait coucher qu'avec *la crème de la crème**, n'est-ce pas ? Avec les plus grandes poétesses ou des filles de comte, de dramaturge ou de peintre. Au moins avec une femme ayant cinq cents livres de rente. Pas avec l'équivalent dans le monde de l'art d'une petite fleuriste. Passe encore qu'un peintre ait ce genre de fréquentation – on s'y attend, même –, mais un critique, grand Dieu ! Quant à avoir le mauvais goût d'engrosser la fille ! Quelle rigolade !

C'est si improbable que mon rire incrédule a réussi à convaincre ta femme qu'elle avait été victime de son imagination. Tu me dois énormément, tu sais. C'est par elle que j'ai entendu parler de cette histoire pour la première fois ; ses soupçons et sa jalousie l'avaient mise dans un tel état que, ravalant son orgueil, elle m'a choisi comme confident. Elle m'a écrit, me priant de la recevoir pour parler d'un sujet assez grave. J'ai accepté, surtout par curiosité. Elle n'avait jamais ressenti de grande sympathie pour moi et désapprouvait ma manière de me conduire. Elle n'avait pas oublié mon séjour dans le Hampshire ; elle ne pardonnait pas la mauvaise éducation. J'étais fort intrigué qu'elle puisse avoir besoin de moi.

Elle est arrivée à l'heure. Si tu étais toujours en retard, elle était toujours ponctuelle. Curieusement, je n'avais pas l'habitude de recevoir des dames du monde ; les seules femmes qui venaient dans mon atelier étaient ou des modèles ou des clientes. J'ignorais comment me comporter, et les lacunes de mon éducation ont réapparu d'un seul coup. Je devinais que j'aurais dû lui offrir une tasse de thé ou autre chose, mais de constater que, même après toutes ces années, une telle femme pouvait encore me mettre mal à l'aise a fait ressortir toute mon impolitesse naturelle.

Elle a bien failli repartir, mais elle était désespérée. Mon malaise a fini par s'estomper et je lui ai demandé le but de sa visite. J'ai dû ajouter que plus elle serait brève, plus vite je pourrais retourner à mon travail. On ne peut guère me reprocher d'avoir cherché à me mettre dans ses petits papiers afin de lui tirer les vers du nez. Bien au contraire.

« Il s'agit de William, a-t-elle commencé. Avez-vous entendu des bruits à son sujet ?

— Un grand nombre, ai-je répliqué. Il fait partie de ces personnes sur qui courent toutes sortes de rumeurs. C'est la rançon de la gloire. »

Son désarroi était si manifeste que je n'ai plus eu le cœur à la tourmenter. Elle commençait à avoir l'air ridicule et cela semblait indigne chez une personne d'habitude si sûre d'elle. Elle est très vieux jeu, vraiment ; je ne m'en étais jamais rendu compte auparavant. Une véritable relique du siècle passé. Sanglée dans ses vêtements, elle se tient bien droite, le dos raide. Personne ne voudrait la peindre aujourd'hui, je pense : elle n'a pas l'allure moderne. Millais aurait peut-être pu lui rendre justice, suggérer son âme tapissée de velours et aux fenêtres calfeutrées. Sentant que mon attention commençait à faiblir, je lui ai demandé de s'asseoir et d'expliquer un peu plus clairement ce qu'elle voulait de moi. Ce n'est pas le sens de mes paroles, comprends-tu, mais le ton de ma voix qui l'a décidée. Elle n'avait besoin que de la plus petite marque de sympathie pour ouvrir son cœur, raconter toutes ses peines et changer entièrement de personnalité.

« Je me suis fait beaucoup de souci ces derniers mois. Vous me prenez sans doute pour une petite idiote qui se monte la tête. Mais William a toujours été le meilleur des maris...

— En effet. Je me suis souvent demandé quel était son secret. Je sais que cela me serait impossible, à moi. Il est vrai que c'est à vous qu'il est marié... Et c'est une excellente raison de bien se conduire. »

Elle a rougi.

« Je sais que les hommes ne se comportent pas comme les femmes, a-t-elle repris, et qu'il ne leur est pas facile de rester fidèles...

— Ah ! je vois. »

Le calme avec lequel elle faisait cette déclaration était bien plus révélateur que la teneur de ses paroles.

« Avez-vous remarqué ou entendu dire quelque chose ? Je sais que vous trouveriez inconvenant de m'en faire part, mais si vous saviez quelles souffrances j'ai endurées ces derniers mois, vous me prendriez en pitié. »

À ce moment, j'avais encore le choix, vois-tu. Deux réponses étaient possibles. Je pouvais exploiter la situation, alimenter ses craintes, faire semblant de compatir à son sort, et recueillir ma récompense. Car on me la faisait miroiter, tu sais. Cette femme vertueuse aurait facilement pu tomber dans mes bras si je l'y avais encouragée. Les femmes de Millais étaient souvent des femmes déchues ou sur le point de déchoir. Quel éclatant triomphe c'eût été ! Et plutôt agréable, j'imagine. J'ai toujours été intrigué par la contradiction qui existait entre cette grande froideur et la vive lueur qui illuminait parfois son regard, par la façon dont derrière la façade glaciale transparaissait de temps en temps une certaine ardeur… Hélas ! tu étais mon ami.

J'ai donc immédiatement pris ta défense. Je n'avais rien vu ni entendu. Ce qui était la pure vérité… Je t'avais peu à peu perdu de vue, car nous évoluions de plus en plus dans des milieux différents. Si tu avais entretenu une liaison prestigieuse, nul doute que j'en aurais été informé. Mais Jacky n'était pas le genre de femme qu'on emmène à l'opéra ou à qui on offre de grands dîners. Un sordide petit rendez-vous une fois par semaine dans une pension de Bermondsey pouvait aisément passer inaperçu ; toutefois, à l'époque où l'on était plus proches ça ne m'aurait sans doute pas échappé. Seule une épouse pouvait sentir que quelque chose clochait, pas assez clairement toutefois pour tirer des conclusions définitives. Je lui ai donc affirmé que les changements qu'elle avait notés étaient certainement imputables aux soucis que te causait l'organisation de ta grande exposition. Elle devait comprendre que toute ton énergie pouvait être absorbée par un tel projet. « C'est horrible à dire, mais, contraint de choisir entre Cléopâtre et un portrait de Cléopâtre, William choisirait le portrait. » Elle ne devait pas se tracasser, l'ai-je rassurée d'un ton à la fois doux et ferme. Tout irait bien et ses stupides craintes seraient vite oubliées.

Elle est repartie peu après en me jetant un regard empreint d'une telle reconnaissance que j'ai à moitié regretté mes principes. Mais je me suis vite repris et me suis réjoui d'avoir été aussi vertueux. Parvenue à la porte, elle s'est retournée et ses traits se sont durcis. « Je vous remercie de vos paroles. C'est la seule chose que je n'aurais pas pu lui pardonner. » Et, bonté divine ! elle pensait ce qu'elle disait… Son ton posé a réussi à m'effrayer, alors que je n'étais pas concerné. Je ne m'étais jamais rendu compte à quel point elle était fière et conventionnelle. Toi, tu ne le savais que trop et tu devais te douter qu'elle réagirait ainsi. Qu'est-ce que cela t'aurait fait, William, de devoir pour la première fois gagner ta vie ? De perdre la maison, les œuvres d'art, les week-ends dans les manoirs, les bals ? Devenir l'un de ces bohèmes qui mangent de la vache enragée, dont tu vantes de loin les mérites ? Voilà ce que signifiait son regard. Avoir une maîtresse était peut-être acceptable à Chelsea, mais pas à Mayfair, et sûrement pas lorsqu'on a une épouse comme la tienne. Tu as tenté d'avoir un pied dans les deux mondes et tu as manqué perdre l'équilibre.

Comment as-tu pu commettre un tel faux pas ? Je ne demande pas comment tu as pu t'abaisser à fréquenter une prostituée occasionnelle, alors que tu possédais déjà une belle femme – un peu prude, il est vrai. La réponse est fort simple : rien ne t'est plus insupportable qu'une femme qui refuse de se soumettre à ta volonté, alors que tous non seulement plient mais rompent sur un signe de tête de ta part. Mais cette grossière erreur !… Toi qui n'en avais jamais commis la moindre de ta vie ! Cela me dépasse. Cela te rend plus humain. Tu mériterais presque qu'on te prenne en pitié, n'eût été la façon dont tu as réagi. Mais pourquoi Jacky ? S'agissait-il de coucher avec une femme avec qui couchaient les peintres ? Est-ce là ta faiblesse ? Serait-ce ce que tu as toujours voulu être ? Ta soif inextinguible de pouvoir sur les peintres vient-elle de ta frustration de n'avoir pu en devenir un ? J'ai du mal à le croire et cependant je ne vois vraiment pas pour quelle autre raison tu l'aurais choisie. Une fois la passion assouvie, as-tu discuté avec elle de « tangibilité » ? Sollicité son avis sur le post-impressionnisme ? Ou bien partagé ses enthousiasmes et frémi d'impatience lorsqu'elle te montrait son dernier rouge à joues ? Étais-tu attiré par le côté sordide de cette liaison ? Avais-tu besoin de te reposer de la beauté et de l'esthétisme ? D'un peu de vulgarité et d'animalité pour compenser tout ce raffinement. J'espère que tu as été satisfait de ton choix, mais j'en doute. Pas plus que moi, tu n'as été capable d'éveiller les sens de Jacky, ça, j'en suis sûr. Peut-être est-ce le fait de payer, le plaisir de réduire les sentiments humains à une transaction financière, qui t'a excité ?

Je te provoque et je te prie de m'excuser. Mais j'ai une bonne raison de vouloir faire tressaillir ton cœur fragile. J'aimerais te voir à nouveau en colère, te voir pour une fois sortir de tes gonds, à cause de moi. Autrement, je serais obligé de reconnaître que Jacky a été plus forte que moi, car elle t'a exaspéré, n'est-ce pas ? D'où le gris-vert dans mon tableau, afin de souligner les ombres, de les faire jouer sur ton visage. Tu découvriras assez tôt le résultat. L'arrière-plan sombre évoque l'homme parfait affligé d'un défaut colossal. La lumière tombe sur ton visage et y est absorbée, de sorte qu'on croit deviner que quelque chose se cache derrière toi. C'est la peur tapie au cœur de ton existence. Cela contraste avec le précédent portrait qui en est exempt et dont les bleus et les rouges indiquent une confiance en soi inébranlable, suggèrent la mainmise sur le monde d'un homme inconscient de sa propre faiblesse. Ajoute à cela des épaules un peu voûtées, comme si tu protégeais ton âme de la réalité, et ceux qui savent voir saisiront l'allusion. Seul un véritable ami peut réussir cet effet, y inscrire ce message. Moi seul.

Je connais le fin mot de l'histoire seulement parce que Jacky est venue me voir quelques semaines avant sa mort pour me demander conseil. Étant ton ami, je devais savoir ce qu'il faudrait faire. Et parce qu'elle craignait d'en parler à Evelyn, son amie et confidante, qui, en matière de puritanisme, croyais-je alors, aurait pu facilement en remontrer à ta femme. Elle a secoué la tête quand je lui ai suggéré qu'Evelyn serait peut-être de meilleur conseil que moi. « Je n'oserais pas, a-t-elle répondu. Elle ne m'adresserait plus la parole. » Au moment où elle disait cela, on sentait la peur en elle. Elle m'a fait promettre de n'en parler à personne, et surtout pas à Evelyn. Moi seul serais au courant.

Cela montre à quel point la malheureuse était désespérée. Tu sais ce qu'elle m'a dit ? Qu'elle s'était « compromise avec un monsieur »... J'ai été si charmé par la formule – prononce-la et tu verras qu'elle roule entre les lèvres comme un bon cigare – que j'ai mis un certain temps à comprendre de quoi elle parlait. Elle voulait savoir ce qu'elle devait faire. Comme elle est arrivée dans mon atelier juste au moment où je me mettais au travail, j'ai dû la recevoir avec une certaine brusquerie. J'ai pensé qu'elle voulait probablement un peu d'argent pour récupérer ses bijoux au mont-de-piété.

Mais non. Elle s'était compromise. Et avec un monsieur. J'imagine qu'un ouvrier l'aurait simplement « mise en cloque ». Tu aurais dû voir son visage... Je ne dis pas ça méchamment, comprends-moi. Je n'essaie pas d'être drôle. Mais quand elle posait, elle arborait toujours cet air si parfaitement impassible. Son visage rose n'était jamais troublé par le moindre sourire ou le moindre froncement de sourcils. Pas en ma présence, en tout cas. Ce n'est pas pour la richesse de ses expressions faciales que je l'avais engagée. Or, d'un seul coup, voilà qu'elle devenait le rêve du portraitiste. La gamme des émotions était extraordinaire : honte, désespoir, espoir, plaisir d'être écoutée, angoisse. Plus quelque chose d'autre que je ne parvenais pas à définir. Quelque chose de farouche, de presque animal. C'est cette dernière expression qui t'a amené dans ce fauteuil.

Notre entrevue a été grotesque, bien sûr. Elle parlait un langage bizarre, imitation toute personnelle et parodique d'une conversation de salon, si bien que j'avais parfois du mal à comprendre jusqu'à ce que tout se clarifie : elle était enceinte, tu étais le père ; alors, que faire pour résoudre ce problème ?

Après une première réaction d'étonnement provoquée par ta bêtise, je n'ai ressenti que de l'indifférence. Ces choses arrivent, et aux gens de son espèce, elles arrivent constamment. Mais elle avait cet air farouche. Tu sais, je crois vraiment que les choses auraient pu tourner autrement si l'expression de son visage n'avait pas été aussi magnifique, si elle ne s'était pas placée – tout à fait par hasard – près de la fenêtre et si la lumière matinale ne l'avait pas éclairée à la perfection. L'émotion transformait une petite bécasse en reine, en impératrice, voire en déesse ; ses yeux brillaient et son visage était empreint d'une éclatante noblesse ; le port de tête s'est fait altier au moment où l'orgueil et la bravade s'emparaient de son âme. J'avais envie de lui demander de poser pour moi sur-le-champ. Je savais que j'aurais dû m'efforcer de faire disparaître cette expression de son visage, d'éteindre pour toujours l'éclat qui luisait dans ses yeux. Mais ç'aurait été un péché. Elle était plus que belle, et c'était la pensée de l'enfant à venir qui lui donnait sa beauté. Voilà pourquoi je n'ai pas cherché à la persuader de prendre la décision la plus sage, c'est-à-dire d'aller voir la « faiseuse d'anges », comme disent pudiquement les Français. Je ne pensais ni à elle ni à toi, je n'étais sensible qu'à l'effet produit par la lumière jouant sur son visage. Je lui ai dit ce qu'au fond elle voulait entendre. Elle espérait que je lui fournirais l'argent pour se faire avorter. Je lui ai conseillé de garder l'enfant.

Je dois ajouter que je lui ai également dispensé des conseils pratiques, lui suggérant de t'écrire pour te mettre au courant et t'enjoindre de participer à l'entretien de l'œuvre que vous aviez créée ensemble. Un moment, j'ai pensé qu'elle devrait aussi t'assurer qu'elle garderait soigneusement le secret. Qu'elle n'irait pas te menacer. Qu'elle quitterait Londres discrètement et se ferait totalement oublier. Mais j'ai repoussé l'idée. Non, ai-je pensé, qu'il transpire un peu. Causons-lui quelque tracas. Cela le rendra plus généreux. Ç'a été une erreur de ma part. Je t'ai sous-estimé.

Pardieu, l'ami ! Elle ne demandait que dix shillings par semaine ! Moins que ce que tu dépenses en vin. Elle n'avait rien et ne voulait rien, à part ce môme. Et elle savait, de plus, à quoi elle renonçait. Que ses chances d'avoir un bon mari, un petit salon et une vie respectable disparaîtraient dès lors qu'elle se retrouverait avec un bâtard sur les bras. Même son amitié avec Evelyn risquait de se désagréger. Elle serait toute seule, mais elle était disposée à prendre ce risque. Elle ne te demandait pas grand-chose, ce n'était pas du chantage. Si tu avais refusé, elle ne t'aurait pas relancé. Elle était différente de toi.

Toutefois, il ne s'agissait pas de cela, n'est-ce pas ? Son tort a été de te défier, de ne pas se soumettre à ta volonté. Faute impardonnable ! Encore plus impardonnables étaient les manœuvres de la personne qui avait ourdi ce complot destiné à noircir ta réputation. Jacky n'aurait jamais pu t'écrire cette lettre trop bien tournée, trop allusive. L'orthographe en était trop parfaite. Qui pouvait donc en être l'auteur ? Quelle personne, dans ton entourage, pouvait en être l'instigateur ? Sûrement pas Henry MacAlpine. Trop obséquieux, trop flagorneur, il n'oserait jamais s'en prendre à toi. Non, une seule personne parmi les connaissances de Jacky pouvait l'avoir ainsi conseillée. Ton attention s'est portée sur Evelyn.

Qu'as-tu imaginé ? Les deux femmes, assises côte à côte, en train de glousser à l'idée de détruire ton mariage, de démolir ta réputation ? La fureur sans merci de la femme bafouée qui ne connaît le répit qu'une fois sa vengeance assouvie ? As-tu pensé que Jacky allait se mettre à répandre des ragots sur toi ? Qu'elle allait écrire à ta femme ? As-tu cru qu'Evelyn voulait avoir barre sur toi afin de s'assurer de ton soutien ? Es-tu à ce point bouffi d'orgueil que tu croies que tout le monde a les mêmes valeurs que toi ?

Elles l'ont payé très cher, grand Dieu ! Très cher, vraiment. Quand j'ai appris que le corps de Jacky avait été retiré de la Tamise, je suis resté pantois. Le journaliste citait la police : une prostituée occasionnelle, enceinte, se suicide par désespoir. Cela arrive tout le temps. Fait divers banal, aucun mystère ; le paragraphe suivant était consacré aux résultats des régates de Sandown. Peut-être même était-ce la vérité. Qu'en sais-je ? Je n'ai aucune preuve du contraire, à part le souvenir de son visage rayonnant dans la lumière qui se déversait par ma fenêtre. Une telle femme tient à la vie, s'y accrochera coûte que coûte. Seule la violence peut arracher la vie à une telle personne.

A-t-elle hurlé, s'est-elle débattue, William ? Ses ongles ont-ils raclé le parapet de pierre ? A-t-elle lutté avant de couler ? T'a-t-elle entendu la suivre furtivement dans le noir ? Certainement pas, parce que même Jacky aurait pu se mesurer à toi en un combat loyal. Et toi ? Au moment où tu l'as poussée, ton pauvre cœur fragile battait-il la chamade, menaçant de rompre ses amarres ? As-tu décampé, le col de ton manteau relevé pour dissimuler ton visage ? Ou bien es-tu resté sur place afin de t'assurer qu'elle ne refaisait pas surface après avoir été engloutie ? Je ne te demande même pas si tu as eu des remords ou éprouvé un sentiment de culpabilité. Je te connais trop bien : ayant décidé qu'il n'y avait pas d'autre issue, tu es passé à l'acte. Jacky a été punie pour son impudence. Elle ne comptait pas. Les autres n'ont aucune importance, n'est-ce pas ?

Encore un verre de vin, mais ce sera le dernier. Je ne veux pas que tu t'assoupisses, tu sais, ce qui arrive facilement quand on en abuse. C'est un breuvage traître, beaucoup plus puissant qu'il n'y paraît.

On ne peut pas envoyer un homme au gibet à cause d'un certain port de tête dans la lumière du soleil. Pas quand on s'efforce désespérément de se convaincre que ce ne peut être vrai, lorsque l'on passe en revue ses souvenirs, qu'on réorganise son passé afin de se persuader qu'un ami ne peut être coupable d'une telle infamie. Suppose que je me rende à la police. Elle ferait une enquête et aboutirait à la conclusion que l'accusation n'est pas fondée. Mais tu serais mis au courant et apprendrais l'identité de l'accusateur. Aussi me suis-je tu une fois de plus et, une semaine plus tard, tu as décidé de t'assurer que rien de ce qu'Evelyn avait jamais raconté sur toi, rien de ce qu'elle savait ou soupçonnait n'aurait la moindre conséquence.

J'ai rencontré Evelyn après la découverte du corps de Jacky ; elle m'avait paru assez calme, en apparence, en tout cas. Ces années d'éducation soignée lui venaient en aide. Elle était bouleversée, a-t-elle déclaré d'une voix posée. Bouleversée, attristée, mais pas outre mesure. Elle n'a fait aucun commentaire sur les circonstances et a pris congé poliment, avec une certaine froideur. Son exposition ouvrait le lendemain et il lui restait encore pas mal de préparatifs à effectuer. Elle avait le trac.

Après tout, pourquoi en aurait-elle conçu plus de chagrin ? Jacky n'était qu'un modèle, même si c'était un modèle très apprécié. Une amie, peut-être, mais quelle sorte d'amitié peut-il exister entre deux personnes si différentes en matière de culture, de tempérament, de goûts, de mode de vie ? Et, la veille d'une exposition, beaucoup de peintres deviennent préoccupés, angoissés. J'ai chassé ces idées de mon esprit, tout comme je m'efforçais de ne plus penser à Jacky. Avec un certain succès, d'ailleurs : j'ai complètement oublié d'aller à l'enterrement. J'étais en plein travail, en train d'essayer un nouveau style, sans parvenir à obtenir l'effet désiré. Je revenais inlassablement à la charge, à deux doigts d'abandonner, avant de m'y remettre une dernière fois. Et quand j'ai finalement laissé tomber, sans avoir atteint mon but, il était trop tard.

Sachant que j'aurais dû me sentir coupable à cause de ma sécheresse de cœur, quand j'ai vu la critique concernant l'exposition, j'ai décidé d'expier ma faute en allant voir Evelyn et en m'assurant qu'elle supportait bien le choc. Mieux valait porter secours aux vivants que gaspiller son temps auprès des morts, qui n'ont plus guère besoin de nos soins. Je me suis donc rendu à son atelier, sans savoir d'ailleurs si elle avait lu la critique ou deviné le nom de l'auteur. Après tout, elle n'était pas du genre à lire les journaux, et bien des peintres évitent de prendre connaissance des critiques avant que leur exposition ait fermé ses portes. Je savais, bien sûr, qu'elle serait bouleversée si elle l'avait lue. Qui ne le serait pas ? Rien n'est plus affreux que d'être ainsi publiquement malmené. Tu n'en as aucune idée, bien sûr ; tu n'as jamais été la victime de ce genre d'attaque.

La façon dont l'esprit réagit est intéressante, me semble-t-il. D'abord l'incrédulité le dispute à une irrésistible envie de détourner le regard, mais c'est le besoin impérieux de lire l'article jusqu'au bout qui l'emporte. On lutte pour rester détaché tout en prenant peu à peu conscience que les défenses s'écroulent. La panique grandit, le flot de mots vous submerge, métaphore après métaphore, insulte après insulte. On est terrifié à l'idée que ce qu'on est en train de lire soit la pure vérité, et pas seulement l'opinion d'un homme méchant, étroit d'esprit. Des mots viennent pour répondre aux accusations, mais ces mots, personne ne les entendra, car on sait qu'il n'y aura jamais de réponse et que le critique ne sera jamais obligé de s'expliquer. Ce n'est pas la coutume.

Vient ensuite la haine. Haine aveugle mais tout à fait impuissante contre l'homme qui a si froidement commis cette malveillance. Le manque de discernement passe pour de la finesse, la bêtise pour de l'intelligence, et la cruauté est une manière d'amuser un moment le lecteur. On sent que le critique a écrit l'article avec délectation et on imagine son air suffisant lorsqu'il a posé la plume.

Enfin, au moment où les derniers remparts s'effondrent soudain, une idée fait son chemin : et si cette critique était justifiée ? et si on avait été jugé à sa juste valeur, puisque les mots sont là, imprimés noir sur blanc ? Alors on commence à se convaincre que ce qu'on lit a été rédigé par quelqu'un dont l'autorité a plus de poids que notre assurance, que le critique nous a démasqué, a dénoncé l'imposture. Et l'effet persiste, crois-moi. Il ne se dissipe pas facilement, quelle que soit la force intérieure de l'artiste. Elles sont corrosives ces phrases, elles mènent au bord de la folie, car on ne peut pas les chasser de son esprit. Partout où l'on va, on les entend résonner dans sa tête. Seuls les plus sages, ou les plus cyniques, peuvent les affronter. Toi, tu en serais sans doute capable. Pas moi. Voilà pourquoi j'ai si longtemps léché les bottes des gens de ton espèce et ai dû venir jusqu'ici quand j'ai décidé de changer d'attitude.

Ah ! mon ami, voici une expérience – une de plus – que tu n'as pas connue dans ta vie : découvrir que quelqu'un veut te nuire et a atteint son but sans se heurter à la moindre résistance. Cela crée un trou béant dans l'existence.

J'ai donc pensé qu'elle risquait d'être bouleversée, tout en espérant que la rage l'aiderait à tenir bon, surtout si elle avait deviné l'identité du critique. Comme tu l'avais compris, elle avait une très haute opinion d'elle-même. Étrange comme les plus timides créatures sont souvent les plus orgueilleuses. En outre, elle ne t'aimait pas, bien qu'elle ait été trop polie pour exprimer son opinion. C'était perceptible à l'ombre qui a obscurci ses yeux une fois où ton nom a été cité en sa présence.

Je me souviens que j'ai mis environ une heure pour atteindre Clapham à pied. Je me rappelle aussi avoir été contrarié par la brume, le froid, agacé à l'idée du chagrin éventuel d'Evelyn... Irrité de constater qu'il m'était impossible de courir remonter le moral d'une consœur et amie sans penser à moi-même. Non seulement parce que je me voyais en train de la consoler et de lui proposer mon aide, mais aussi parce que j'étais énervé que ma journée de travail se trouve ainsi interrompue. Quelle dureté de cœur de ma part, n'est-ce pas ? La vérité prime, et je ne peux me prévaloir d'une noblesse d'âme dont j'étais dépourvu. J'étais préoccupé par un tableau que j'essayais de terminer à temps pour le présenter à l'exposition « Nouvelle Angleterre ». Il s'agissait de mon portrait de la dame Woolf, et j'en étais très fier. C'était un bon tableau qui captait l'étrange mélange de frustration et de suffisance, mais elle avait déjà clairement montré qu'il lui déplaisait. Elle ne l'avait jamais dit, bien sûr – cela n'aurait pas cadré avec l'image qu'elle se faisait d'elle-même, celle d'une femme au-dessus de ce genre de coquetterie –, mais je la tourmentais quelque peu en lui montrant des détails qu'elle n'aurait jamais aperçus dans son miroir.

Le tableau n'était pas au point malgré tout et cela me tracassait depuis une semaine, si bien que j'ai presque failli repousser d'un jour ma visite à Evelyn afin de me tracasser encore un peu. Cependant mon esprit chevaleresque a fini par triompher et je n'ai pas rebroussé chemin sur le pont de Westminster pour aller retrouver mon chevalet. Je n'ai jamais terminé ce tableau, en fait, et c'est l'un de ceux que j'ai jetés avant de quitter l'Angleterre. Mais mon esprit était resté dans mon atelier, avec mes pinceaux, et, tandis que j'avançais vers Clapham, je ne pensais qu'à ce portrait. J'y pensais en tirant la sonnette, en échangeant des plaisanteries avec la logeuse, puis en montant l'escalier sur la pointe des pieds et en ouvrant la porte.

Debout sur le seuil, j'y pensais encore, tout en contemplant le corps d'Evelyn suspendu au gros crochet de fer au milieu du plafond. J'étais contrarié. Ce n'est que plus tard que j'ai tenté de fabriquer un sentiment d'angoisse, sans que cela masque le moins du monde la réalité. Une femme que j'avais naguère aimée était morte et j'étais contrarié parce que cela risquait de m'empêcher de terminer un portrait à temps. C'est dans ce genre de moment que se révèle la vraie personnalité : dans la réaction instinctive, avant que les bonnes manières ne viennent prendre le relais. On a ainsi un aperçu de ce que parviennent à endiguer les convenances, et dans mon cas je n'ai découvert qu'un égoïsme colossal.

Peut-être était-ce dû au choc. Parfois, ne parvenant pas à supporter un événement, l'esprit se réfugie dans la normalité des préoccupations quotidiennes. Je persiste à penser qu'il ne s'agit que d'une excuse. Je ne sais pas combien de temps aurait duré ma première réaction d'agacement, combien de temps je serais demeuré planté là, sur le seuil, le regard fixe, avant de sortir de mon hébétude. Non qu'il y eût grand-chose à faire. Elle était morte, depuis plusieurs heures. Toujours aussi méthodique, elle avait tout prévu. Grosse corde, de toute évidence achetée spécialement pour l'occasion, juste de la longueur nécessaire. Nœud coulant parfait, debout sur une chaise, et… un coup de pied pour la renverser. Pas moyen de changer d'avis au dernier moment, pas moyen de revenir en arrière. Elle voulait mourir et elle l'a fait. Elle menait à bien tout ce qu'elle entreprenait.

J'ai vu le résultat. Le visage déformé, le teint livide. La langue qui sort de la bouche, la position bizarre du cou, membres pendants. Le lustre déséquilibré par le poids du corps suspendu de guingois, les pendeloques bon marché cliquetant faiblement dans la brise qui entre par la porte. Nature morte, dépouillée de toute féminité, et – comme celle du jeune gars sur la grève – son image n'a jamais quitté mon esprit.

Composition élaborée. Sur le bureau se trouvait le journal ouvert à la page où figurait ton article au bas duquel elle avait inscrit d'une petite écriture soignée : « rédigé par William Nasmyth ». Elle avait deviné, vois-tu. Est-ce que ça te réjouit le cœur, William, qu'une femme dans une telle détresse puisse reconnaître ton style ? Que ta personnalité soit si originale qu'elle transparaît même dans ce genre de circonstance. J'espère que cela te gonfle d'orgueil. Tu as de quoi être fier, en effet.

Mais tu as un plus grand motif de fierté car, à côté de celui où figurait ton article, se trouvait un autre journal contenant l'annonce de la mort de Jacky. Et sous le compte rendu du fait divers, la même main avait écrit : « Victime de Henry MacAlpine ».

William, elle me croyait le père de l'enfant ! Elle pensait que j'avais poussé Jacky au suicide, que j'avais déhonoré Jacky et que je l'avais trahie, elle, en lui prenant son amie. Elle me croyait responsable de tout et ne te soupçonnait pas le moins du monde ! Cela ne te fait-il pas rire, enfin ? Tu dois bien voir le côté plaisant de l'affaire : cette femme s'est pendue et m'a maudit en exhalant son dernier souffle ! Je n'ai pas tout de suite accepté la réalité. En fait, j'ai refusé de l'accepter ; c'est pourquoi je me suis laissé distraire. Je me suis détourné du cadavre et c'est alors que j'ai découvert le reste de sa *mise en scène** soignée.

Le long des murs, retournés vers l'intérieur de la pièce pour la première fois, se trouvaient tous les tableaux qu'elle n'avait pas exposés, ceux qu'elle avait eu si peur que je voie.

Des portraits de Jacky peints avec un art hors de ma portée, qui me révélait tous mes manques. Elle avait peint une personne, pas seulement un modèle prenant la pose pour défier l'habileté de l'artiste. Sa Jacky avait du caractère, de la personnalité. C'était une vraie femme, débordant de sentiments, représentée avec douceur et tendresse, et non un mannequin se cachant derrière le masque inerte de la stupidité complaisante. Au-delà de la vulgarité, de la niaiserie, Evelyn avait perçu une certaine beauté et pas uniquement le corps voluptueux, qui m'avait servi de prétexte pour montrer ma brillante technique. Jacky assise, allongée sur le divan, pelotonnée en boule devant le feu. Dans chaque pose, Evelyn voyait un aspect particulier et touchant qu'elle avait peint avec amour. Ses autoportraits rayonnaient de chaleur lorsqu'elle était assise à côté de Jacky, le regard plongé dans celui de son amie, ou étaient empreints de tristesse lorsque la pièce était vide. Voilà ce qu'elle voulait, ce qu'aucun homme ne pouvait lui apporter ; voilà pourquoi elle m'avait rejeté d'emblée. Je n'aurais jamais pu susciter les émotions qui se lisaient sur son visage. Je n'imaginais même pas que ce fût possible.

Il y avait également d'autres tableaux… Des peintures les représentant enlacées, vautrées ensemble, s'étreignant passionnément dans des poses lascives, impudiques, se livrant à des actes qui aujourd'hui encore me font frissonner. Scènes choquantes où le vice déforme les visages, où, sous l'emprise du désir, les corps se contorsionnent pour se rejoindre. Et, au lieu de se dissimuler dans l'ombre, elle avait utilisé la lumière. Elle s'en était servie comme aucun peintre auparavant, grand Dieu ! Chaque tableau déployait des couleurs éclatantes, éblouissantes : chairs aux tons verts, pourpres ou rouges, membres voluptueux inondés de lumière et écartés selon des angles impossibles à obtenir d'aucun modèle vivant, les corps des deux femmes formant un entrelacs complexe de courbes et d'angles. Elles célébraient et dénaturaient à la fois la noblesse de la figure humaine, conçue à l'image de Dieu, la ravalant au niveau de l'obscène et du grotesque. Tandis qu'elles se brutalisaient, le soleil entrant par la fenêtre créait même un halo autour d'elles, comme si leur dépravation relevait de la sainteté. Je garde aussi en mémoire les yeux lumineux qui me fixaient très calmement, me narguaient, se moquant de ma stupéfaction. Aucune galerie ne pourrait jamais accrocher ces tableaux à un mur. Aucun homme n'aurait pu être l'auteur de ces tableaux. Et je n'avais pas imaginé qu'une femme eût osé.

Encore maintenant, je suis hanté par ces tableaux. J'en rêve, ils se présentent soudain à moi alors que je suis couché dans mon lit, la nuit. Je tente de les chasser de mon esprit mais même aujourd'hui, malgré les années, je n'y parviens pas. J'ai tout essayé : longues marches, somnifères de toutes sortes préparés par les pharmaciens de Quiberon, prière, confession, rien ne marche. Aucune équivoque dans ces tableaux… Rien à voir avec l'*Olympia* de Manet, où tout est laissé à l'imagination, où la pose est décente, étudiée ; le spectateur est attiré dans le tableau, si bien que la seule obscénité est la sienne propre, tandis que le peintre peut plaider l'innocence. Aucune pudeur dans les tableaux en question. Quiconque les contemplait commettait une intrusion. Je me souviens surtout de l'un d'eux : Jacky est à genoux devant Evelyn assise, nue, sur le divan. Aucune joie sur le visage d'Evelyn : il ne s'agit pas du portrait de l'amoureuse touchée par la grâce divine. La scène est violente, diabolique : la face est tordue, les muscles du corps sont tendus, un cri de triomphe sort de la bouche. Quel rapport cela pouvait-il avoir avec l'amour ou la tendresse ? Il ne pouvait s'agir de la femme frêle et délicate que je connaissais... Or, comme pour l'incident du verre brisé par ton enfant, je savais que c'était la vérité. Voilà ce qu'Evelyn était vraiment : une dépravée, une dégénérée.

La vue de ces tableaux m'a fait trembler. J'ai cru que c'était dû au fait de découvrir Evelyn au bout d'une corde. Mais pas du tout. C'était parce que j'apercevais sa vraie nature pour la première fois et que je trouvais répugnante la façon dont elle se débondait et se vautrait dans le stupre. Avoir de tels fantasmes, les assouvir, et les dépeindre comme une expression de l'amour. Les métamorphoser en art... Personne n'avait osé faire cela jusqu'alors.

Non, c'est le cri de sa logeuse – montée pour lui apporter une bouteille de lait qu'elle a lâchée et qui s'est brisée lorsque, debout derrière moi, elle a contemplé l'intérieur de la chambre, si bien que le lait s'est répandu sur le sol – qui m'a ramené à la réalité. Ou plutôt qui m'en a complètement éjecté, car je ne me souviens guère de la suite des événements, de leur enchaînement. Quelqu'un a dû appeler la police et les médecins, quelqu'un a dû couper la corde et décrocher le corps avant de le transporter à la morgue. Tôt ou tard, un membre de sa famille a dû arriver. Sans doute ai-je fait une déposition à la police, ai-je parlé à son père. Je n'en garde aucun souvenir. Tout ce que je sais, c'est que je me suis retrouvé finalement sur un ferry qui traversait la Manche, avec l'impression de respirer librement pour la première fois depuis des semaines. Entre le moment où j'ai ouvert la porte de sa chambre et celui où la sirène du ferry a retenti en quittant le port, je ne me rappelle rien, en dehors de ces tableaux.

Plus les jours et les semaines passaient, plus je lui en voulais d'avoir osé mener une vie cachée, dont personne ne se doutait, jusqu'à ce que tu détruises les deux seules choses auxquelles elle attachait une réelle importance, et qu'elle décide de tout révéler. Tu as abattu un monstre de vice... Les Londoniens bohèmes les plus libérés auraient été choqués, dégoûtés ; la violence et la passion de ces scènes les auraient laissés pantois. Ses œuvres les plus intimes, celles qui exprimaient sa véritable personnalité, ne pourraient jamais être montrées à quiconque. Aurais-je dû t'être reconnaissant, William ? Tu as permis que soit découverte la vraie nature d'Evelyn, tu m'as fait voir l'erreur que j'avais commise en me liant d'amitié avec elle. Ne devrais-je pas te remercier, mon vieil ami, de m'avoir rendu un nouveau service ?

Mais c'est aussi une grande partie de moi-même que tu as anéantie. Tu m'as ôté la certitude que j'avais de pouvoir juger les êtres sur leur mine. Tu m'as enlevé une amie chère et l'as remplacée par une créature pervertie, monstrueuse. J'ai du mal à me rappeler l'Evelyn que je connaissais. Il ne reste plus que le tableau appuyé contre le mur et, suspendu au lustre, le cadavre d'une femme qui m'a maudit en expirant. Sans ta cruauté, je serais resté dans l'ignorance. La vie aurait continué : j'aurais mon épouse, ma maison à Holland Park, mes disciples et ma fortune.

Je l'ai détestée durant la majeure partie de mon exil, mais depuis peu ma haine s'est émoussée. Même ce terrible tableau ne suscite plus en moi un aussi violent dégoût. Je regrette que tu ne l'aies pas vu : Evelyn avait un talent réel, un don exceptionnel, et cette peinture en était la preuve irréfutable ; même toi tu en aurais convenu. Elle s'était volontairement soumise aux passions extrêmes et s'en était servie pour créer une œuvre. Je ne connais personne qui ait approché de ce résultat. Puis-je haïr à jamais quelqu'un qui a réussi ce tour de force ? Qui a atteint son but, alors que, moi, j'ai flanché et me suis détourné du mien, en acceptant des compromis, en cherchant à plaire à des gens comme toi ? Quelqu'un capable de jouer son va-tout ? Bien sûr, je hais l'origine de son génie. Je l'ai insultée, j'ai maudit sa mémoire à cause de cela. Je me suis efforcé de souhaiter avec sincérité le repos de son âme. Mais j'ai échoué ; apparemment, même l'Église ne peut accomplir un tel miracle. Je ne peux pardonner qu'en me souvenant de sa réussite artistique, toute révoltante soit-elle.

Je vais la chasser complètement de mon esprit. Evelyn ne doit plus occuper le moindre espace de mon cerveau. Je vais trouver un autre moyen de calmer mes nuits, afin de ne plus voir ces images quand je ferme les yeux. Je vais les oublier, faire qu'elles disparaissent à jamais. Je vais les remplacer par celle d'un autre ami, plus pervers qu'elle encore. J'ai peint ton âme dans ce portrait, William. Tu peux le regarder maintenant. Je vais le retourner pour que tu puisses le contempler sans avoir à te déplacer. C'est sans doute à cause du vin que tu as tant de mal à te mettre sur tes pieds. Ce goût prononcé qui te déplaît tant cache bien des choses. Ne t'en fais pas ! Tu te sentiras juste un peu groggy. Je le sais, car mes insomnies m'ont poussé à essayer pas mal de potions, et je connais les effets de chacune d'entre elles.

Celle-ci provoque seulement une certaine lassitude, une certaine dolence, sans entraîner la moindre défaillance de la mémoire.

Bon. Qu'en penses-tu ? Tu peux te voir tel que tu es. Notes-tu la touche de froideur autour des yeux, de cruauté sur les lèvres, de détermination calculatrice dans le menton ? J'espère que tu remarques que l'arrière-plan est complètement sombre, puisque les autres n'existent pas pour toi. Je suis particulièrement satisfait des ombres ; il n'y a pas de source principale de lumière, vois-tu ; on a l'impression que la lumière émane de toi. Tu illumines la toile, parce que tu es la source de toute certitude et de toute vérité. Si tu places ce portrait à côté du précédent, j'espère que tu comprendras ce que je veux dire. L'intelligence, la finesse sont toujours présentes, tout comme la culture et l'esthétisme ; mais tu as gâché tes dons, les as utilisés à mauvais escient, as perdu tout droit sur eux.

Sais-tu que je suis fier du résultat ? C'est vraiment un portrait très ressemblant. Au premier regard, l'exécution a l'air simple. Mais c'est trompeur. En y regardant de plus près on en perçoit peu à peu les subtilités. Il me semble que j'ai beaucoup progressé ces dernières années. Je commence à peindre ce que j'ai en tête et pas seulement quelque chose d'approchant.

Il n'est pas terminé, bien sûr. Tu l'as sans doute remarqué. En matière de peinture rien ne t'échappe. Il y a deux visions contradictoires superposées. Le premier portrait est celui d'un homme sain de corps et d'esprit, le second révèle la corruption de l'âme, mais, comme tu peux le constater, côté physique, je t'ai un peu flatté. Je t'ai un tantinet rajeuni, t'ai fait paraître moins frêle que tu ne l'es. Non, je ne retombe pas dans mes anciens travers, il s'agit d'une ruse de ma part. Je réunirai la dépravation morale et la corruption physique dans le troisième volet du triptyque, que je vais commencer bientôt. Il ne sera jamais exposé de mon vivant, il va sans dire. Il sera aussi inexposable que les œuvres d'Evelyn. Mais elle m'a appris que ce n'est pas une raison pour ne pas peindre un tableau. Il est possible que les tableaux les plus véridiques doivent demeurer cachés.

Je n'en sais rien et, au fond, cela m'importe peu. Tout ce que je sais, c'est que je me prépare allégrement à aborder la dernière étape de ce projet. Je ne passerai pas à côté, cette fois-ci. Il ne s'agira pas d'un rapide croquis destiné à un journal, d'une occasion perdue ou d'un ratage. Je travaillerai sur toi jusqu'à ce que je saisisse ton essence, sois-en certain. Je t'ai expliqué pourquoi je n'avais pas réussi à capter celle du gamin de la grève. Parce que je ne l'avais pas connu de son vivant, il restait une abstraction, un patchwork de formes et de couleurs. Je vais rectifier le tir. Je vais hardiment rehausser les verts, faire que les yeux défient le spectateur. Je vais peindre avec amour la façon dont la mer ronge les chairs et dénude le squelette. Ce sera une œuvre extraordinaire, quelque chose qui restera fixé dans la mémoire et remplacera les images qui dansent dans ma tête quand j'essaie de m'endormir. Une œuvre qui durera à jamais. Cela vaudra la peine, il me semble. Même le critique que tu es pourrait l'apprécier. Je vois parfaitement ce tableau dans ma tête.

J'espère que tu comprends tout ça. Je ne fais que suivre tes conseils. C'est toi qui m'as suggéré de retourner en Angleterre, et je ne vois pas une autre façon de rentrer au pays, la conscience tranquille. Je ne pourrais pas passer le reste de ma vie à contempler ta réussite maintenant que je sais combien tu es cruel, impitoyable, capable de détruire les autres sans le moindre scrupule. Tu en es bien conscient, n'est-ce pas ? Une telle personne ne mérite pas l'admiration ni le bonheur. Je ne pourrais plus accepter une critique de ta part, bonne ou mauvaise, appartenir à un club, participer à une exposition, collaborer avec une galerie qui te soit liée, or tu es présent partout. Je ne pourrais pas supporter les succès que tu remportes malgré tes péchés. J'ai mis dans ton teint une touche de vert et de brun, ombré ton visage afin de montrer que je connais les ténèbres de ton âme.

Le portrait posé en ce moment sur mon chevalet peut être envoyé à l'exposition de la Royal Academy. Il constituera un magnifique hommage à un vieil ami et sans doute relancera-t-il joliment ma carrière. Les visiteurs ne se rendront pas compte de ce que cache la flatterie manifeste et paieront pour retrouver cette touche dans le portrait que je ferai d'eux. J'exécuterai leurs désirs avec joie. Ensuite, j'offrirai ton portrait à ta veuve. Je serai la dernière personne à t'avoir vu vivant, moi, ton plus ancien ami. Ce sera un geste de compassion destiné à soulager sa douleur. Elle m'en sera reconnaissante et – qui sait ? – peut-être n'en resterons-nous pas là. Je serais pour elle un meilleur mari que toi, mon vieux camarade.

LA TEMPÊTE ATTEINT SON APOGÉE. Hâtons-nous, car parfois les tempêtes se dissipent si vite que, lorsque le vent tombe d'un seul coup, le silence devient presque assourdissant. Tu dois ressentir personnellement la force de la tempête, sinon tu ne pourras absolument pas comprendre ce dont je parle. Cela te récompensera d'avoir passé tous ces jours à m'écouter. Tu dois faire un effort, malgré tes jambes chancelantes ; je vais te soutenir pour m'assurer que tu arrives jusque-là. Ne t'en fais pas, je vais te guider jusqu'au meilleur point de vue, afin que tu découvres ce qu'est la véritable violence.

Le mieux c'est qu'on suive le sentier qui longe la falaise. L'endroit est merveilleux par une telle nuit, lorsque le vent souffle et que la pluie a laissé le sol mouillé et glissant. On sera seuls tous les deux, car aucun Houatais ne met le nez dehors par ce temps. La sensation de danger dont je t'ai parlé va s'emparer de toi et tu sauras ce qu'est la peur. Il est téméraire de s'aventurer au bord des falaises, mais c'est plus grisant que tu ne l'imagines. Plus d'un a failli tomber à l'eau en glissant sur ce sentier. Personne ne pourrait sauver l'infortuné, même en se précipitant sur-le-champ au village pour donner l'alarme. Même un bon nageur ne peut lutter contre les courants. Il se brisera les os en heurtant les rochers, avant d'échouer sur la grève, une fois que la mer en a fini avec lui, le corps déchiqueté et les membres disloqués.

Bon, allons-y maintenant ! De toute façon, tu n'as pas le choix...

Merci à Felicity Bryan, Julie Grau, Lyndal Roper, Nick Stargardt, et plus que jamais, à Ruth Harris.

Impression réalisée sur Presse Offset par

CPI
Brodard & Taupin

La Flèche (Sarthe), 45585
N° d'édition : 3968
Dépôt légal : juin 2007
Nouveau tirage : février 2008

Imprimé en France